镜子与迷宫

俄罗斯文化评论

张猛 著

作家出版社

图书在版编目（CIP）数据

镜子与迷宫：俄罗斯文化评论/张猛著. -- 北京：作家出版社，2023.10

ISBN 978-7-5212-2364-4

Ⅰ.①镜… Ⅱ.①张… Ⅲ.①文艺评论-俄罗斯-现代-文集 Ⅳ.①I512.065-53

中国国家版本馆CIP数据核字（2023）第115219号

镜子与迷宫：俄罗斯文化评论

作　　者：张　猛
责任编辑：赵　超
封面设计：孙惟静
出版发行：作家出版社有限公司
社　　址：北京农展馆南里10号　　邮　　编：100125
电话传真：86-10-65067186（发行中心及邮购部）
　　　　　86-10-65004079（总编室）
E-mail: zuojia@zuojia.net.cn
http://www.zuojiachubanshe.com
印　　刷：北京新华印刷有限公司
成品尺寸：130×185
字　　数：128千
印　　张：6.875
版　　次：2023年10月第1版
印　　次：2023年10月第1次印刷
ISBN 978-7-5212-2364-4
定　　价：38.00元

作家版图书，版权所有，侵权必究。
作家版图书，印装错误可随时退换。

目录
contents

阿·塔尔科夫斯基：当诗人落后于时代 / 1

被拣选与被遗弃的 / 9

疯狂岁月里，看见一颗更疯狂的心 / 28

穿越现实里的种种"不可能" / 36

革命之后，一切并非想象中那样简单 / 45

《自天堂回家》：在回家的路上发现自我 / 53

微弱的异端：列宁格勒大围困中的"后先锋主义诗歌" / 57

穿越日常经验的"迷宫" / 69

这样隐忍，这样悲伤 / 76

丹尼尔·哈尔姆斯笔下的"暴力世界" / 83

《日薄西山》里的"犹太人" / 90

镜子里有什么？ / 96

俄国历史的记忆拼图 / 104

何以为家：俄苏影片里的"公共住房"	/ 114
工农兵雕像：远去的历史面孔	/ 124
电影只为真实：回顾苏联新潮纪录片《持摄影机的人》	/ 133
吉加·维尔托夫，或"电影共产主义"	/ 142
日记与广播：大围困中的别尔戈丽茨	/ 158
影片《门徒》中韦尼阿明的多重身份	/ 171
安德烈·萨金塞夫：伦理叙事的张扬与失落	/ 191
专访俄罗斯独立策展人：谁也不知道，接下来会发生什么	/ 205

阿·塔尔科夫斯基：当诗人落后于时代

"土壤般的沉重，天空般的轻飘。"这是俄罗斯的研究者对阿尔谢尼·塔尔科夫斯基的诗歌做出的评价，听起来十分极端。事实上，也的确很难把他的写作和他的那个时代画上等号。比起其他的苏联诗人，他太"古典"了，任何试图在他的诗歌中找到集体主义、国家主义痕迹的尝试最终都会落空。"后阿克梅主义者""新传统主义诗人""俄罗斯宇宙主义的继承者"，研究者加在他身上的这些称号，使他更像是一个落后于自己时代的诗人；在精神气质上，他是"白银时代"的后继者。

确实，塔尔科夫斯基成长于传统的俄罗斯文学环境。他的父亲虽然在银行工作，却是一个热爱文学的民意党人，掌握八种语言，曾经出版过诗集和小说。童年时，他便跟随父亲频繁参加巴尔蒙特、索洛古勃、谢维里亚宁组织的文学晚会；创作活动的初期，他甚至还自诩为未来主义者，模仿索洛古勃、克鲁乔内赫、谢维里亚宁等人的风格，写了不少"怪异的"诗歌，以至于后来每当回忆起这段往事，他都会感到锥心的羞耻。

尽管得益于白银时代的文学土壤，但年轻的塔尔科夫斯基并没有得到这个圈子诗人的认可。1926年，他在列宁格勒与曾经的偶像、象征主义诗人索洛古勃见面。想必塔尔科夫斯基在将自己的作品递交给偶像时，内心充满了期待。但索洛古勃读完之后评价说，它们太可怕了，不过，"也不应当完全失去希望"。更毒舌的评价来自阿克梅派的重要诗人奥西普·曼德尔施塔姆。他戏谑般地讲了一句话，已经把塔尔科夫斯基赶出了诗人圈子："如果把地球分成两半，您在其中一半，而我会在另外一半。"

这些反馈对内心刚强的塔尔科夫斯基产生过怎样的打击，我们不得而知。但只要读一读，就是在1926年，十九岁的他公开发表过的第一首诗歌《蜡烛》，我们会发现，前辈们的评价并非公允。

> 黄色的小舌四处闪躲，
> 蜡烛的泪越流越多。
> 这多像我和你的生活——
> 心灵燃着炽热，身体日渐销铄。

需要插一句，曼德尔施塔姆在1912年也曾经写过这样的诗句："暗淡的正午，我们燃烧如蜡烛"，但塔尔科夫斯基把蜡烛与生命的类比延伸了。这种明朗又确切的比喻，给诗歌增加了许多鲜艳的色彩。不过，后来他的诗歌就不再是这么清晰明朗；音节仍旧是活泼而精确的，但风格开始变得庄重，带着洞察一切后的通透。社会背景被抽离到极简，他像大多数白银时代的诗人那样，经常借用世界文化中的人物和典故，来"浇心头之块垒"：

> 在母亲家中冬日的倦怠里
> 睡吧，像黑土中的一粒黑麦，
> 不再关心死亡的结局。
>
> 没有梦，像棺材里的拉撒路，
> 在母亲的腹中沉睡直到春天，
> 头戴绿色的花环从棺材中降生。

塔尔科夫斯基创造力蓬勃的时期，正是社会主义现实主义日益上升的年代。所有在世的诗人中间，他倾心于安娜·阿赫玛托娃，并得到了她的赞赏和点拨。与阿赫玛托娃的友谊一直延续到女诗人去世，很多俄罗斯学者也都认为他是"阿赫玛托娃的学生"，但阿赫玛托娃也曾经说过，塔尔科夫斯基有他自己的特点。他的遣词造句明显比阿赫玛托娃复杂许多，不仅情节内容上追求强烈的戏剧效果,而且充满了各种语义,令人眼花缭乱;进入他笔下的文字,画面感很强,像电影的镜头一样,频繁地替换形象、色彩、情感。无怪乎诗人谢苗·利普金曾评价说:"塔尔科夫斯基远远地偏离了苏联诗歌发展的主干道。不仅远离马雅可夫斯基,甚至离帕斯捷尔纳克也很远,他整个人都沉浸在白银时代的某一个角落里。"

翻开塔尔科夫斯基一生的履历,他并不算那个时代批逆龙鳞的典型;甚至在他出色的翻译生涯里,还曾经接到过官方的邀请,将斯大林同志青年时写的格鲁吉亚语诗集翻译成俄语(后来这个方案因斯大林的叫停而未能完成)。不过,也正是由于包括政治在内的一系列原因,直到1962年,他的第一本诗集《落雪之前》才得以出版,诗集上印着几行小字:价格十四戈比,印数六千册。那一年,他已经五十五岁。

在大部分时间里,诗坛中的塔尔科夫斯基像饭桌上插不上话的宾客,长久的沉默让他鲜有存在感,"塔尔科夫斯基"这个家族之所以蜚声俄罗斯甚至全世界,只是因为他做导演的儿子——就在老塔尔科夫斯基出版第一部诗集的那一年,安德烈·塔尔科夫斯基凭借《伊万的童年》在威尼斯获得了"金狮奖"。就塔尔科夫斯基本人而言,他最知名的身份是诗歌翻译,每天将土库曼斯坦、亚美尼亚、格鲁吉亚和阿拉伯语诗歌翻译成俄语。翻译占据的精力,无疑挤走了创作的时间,但塔尔科夫斯基无计可施,"需要养家,况且我的家庭又相当庞大"。

这个"庞大的家庭",背后是塔尔科夫斯基的三次婚姻。在个人情感生活上,他同样"落后"于同时代的道德规范,除却婚姻关系,在生活中还有不少女性,和他发生过情感纠葛。我们无意对这些情感中的是非进行评价,但不得不提的是,老塔尔科夫斯基无论从谈吐,还是从外貌气质上,都与苏联大多数出自劳苦大众的诗人有明显区别。他因为患病而萎黄的脸色,被战争夺去的一条腿,以及那双似乎永远也不会笑的眼睛,不仅激发了很多同时代女性内心又爱又怜的情感,也增加了他诗歌的智性色彩:在他的文字背后,总有一个受到困扰的、思考和忏悔的形象单腿站立。

> 万物皆有开始和结束,
> 不管怎样我曾被人爱过:
> 第一个说道:"再见吧!"第二个,
> 头戴王冠在棺材中沉睡。
>
> 第三个守在别的心灵那儿,
> 在微弱的眼泪和笑声中
> 收集和存放叹息,
> 我是负债者,而非原告。

忏悔与反思的基调，出现在他的很多抒情诗歌里，当然这种反思并不都指向爱情。在学习写作的阶段，塔尔科夫斯基曾经学习过全俄诗人协会开设的国立高等文学课程，作家格奥尔基·申格里担任他的导师，对他帮助很大。在塔尔科夫斯基撰写的回忆散文《我的申格里》中，他提到了老师所教导的文学观："申格里在诗歌创作的所有方面，都是我的老师。首先，他教给了我现代性。当我朝着古典的山峰爬得太高时，他抓住了我的腿，将我拖到了地上。他说：'为什么您不去写一写这样的诗歌——譬如说，关于警察的诗歌？这个职业具有无与伦比的重要功能：他在十字路口行使着国家的权力……'"

或许是这番教诲，从某个角度为塔尔科夫斯基纯粹知识分子的写作注入了新的活力。他在写作中，并不避讳日常的生活——出生的家庭、残疾、爱情、他的妻子与孩子，以及他对星空长久的探索，这些意象都会出现在他的抒情诗歌里，但它们又天然地区别于茶余饭后我们所谈论的对象。以文化为中心的写作，保证了塔尔科夫斯基的诗歌不是以"社会背景"为指向，而是指向心灵。换句话说，诗人赋予日常生活以神话性，就像我们将树叶做成标本，他希望通过对日常事务的"神话化"，以探寻生存的本质。

> 七只鸽子——这一周里的七天
> 啄完了谷物就飞走了，

作为这些鸽子的接班,
其他的一些朝我们飞来。

我们活着,数一个个的七,
最后的一群只有五只,
而我们破旧的后院
若换成天空是多么可惜:

在这里我们的灰鸽子咕咕叫着,
绕着圈踱步,带着懊悔,
啄食沥青的碎粒,
在葬后宴上啜饮地上的雨水。

在院落里啄食的鸽子,偶然出现的数字"七",由于《圣经》中的字句,被赋予了类似于上帝信使一样的角色。从这里,读者又一次走进白银时代的诗人圈子创造的那个世界——借由日常生活偶尔显现的神性,抵达肉身不可企及的精神高度。塔尔科夫斯基的确是一个落后于时代的人,一个过往岁月的遗腹子。不过,这位被阿赫玛托娃称为"迟到者"的诗人似乎并不困惑于这种与时代不相称的身份,他在一首诗中写道:

我要召唤任何一个时代，
进入它，在其中建造房屋……
我满足于自身的不朽，
以使我的血液在世纪之间流淌。
为了一个持久温暖的可靠角落，
我甘愿支付自己的人生，
当人生的飞针不再，
将我这根丝线在世间穿引。

被拣选与被遗弃的

——读《生命是赌注：马雅可夫斯基的革命与爱情》

俄国诗人马雅可夫斯基传奇的一生和他的自杀结局，一直是图书出版界热烈追捧的选题。仅在我国，就曾经出版过国内学者的著作《马雅可夫斯基——20世纪文学泰斗》（岳凤麟，2005），并翻译出版过《马雅可夫斯基》（柯洛斯科夫，1954）、《马雅可夫斯基小传》（霭尔莎·特里沃雷，1986）、《最后一颗子弹》（阿·米哈伊洛夫，2001）、《马雅可夫斯基与莉莉·布里克》（玛格丽特·斯莫罗金斯卡娅，2016）等等作品。长期以来，马雅可夫斯基除了给读者留下叛逆狂放的印象，他在中国总摆脱不了一顶"无产阶级革命吹鼓手"的帽子。

而近期翻译出版的《生命是赌注：马雅可夫斯基的革命与爱情》，可以说是对这种经典"人设"的颠覆。这不仅因为该书的作者、瑞典学者本特·扬费尔德同马雅可夫斯基的不少同时代人关系密切，掌握着丰富的文献资料，还在于这本书对整体内容的巧妙构思。譬如,从中文译本的书籍封面就可以读到传记涉及的若干主题:封面原本来自马雅可夫斯基同时代人、苏联著名摄影师亚历山大·罗琴科为书籍设计的海报,具有强烈的构成主义风格。传记的女主人公莉莉·布里克位于海报的一角,而原海报中她张口呼喊的对应位置本来是"书"的俄文艺术字,在这里被替换成马雅可夫斯基,而他又被框定在五角星之中,从而突出了副标题里的"革命与爱情",又暗示出激进的时代美学。

事实上,"马雅可夫斯基的革命与爱情"为中文出版时新加,原副标题是"马雅可夫斯基和他的生活圈"。除了详略得当地展现马雅可夫斯基的一生,作者把许多笔墨用在了对主人公背后的革命年代氛围,以及俄苏文艺生活圈的群像勾勒上。正是这些"背景知识"使得天才诗人的一生更加立体地凸显出来;换句话说,扬费尔德并不满足于揭示天才诗人的历史沉浮、为读者道听途说的马雅可夫斯基情史提供佐证。在他的论证下,这位狂热的、天真的、易于感伤的诗人就像历史队列中被传唤出来示众的一员,经过时代的多次拣选和遗弃,成为革命时代的一个注解。

演讲台:放开喉咙歌唱

莉莉·布里克的回忆录里曾记载过这样一个插曲:马雅可

夫斯基准备做一场关于未来主义的报告。他连续几天为报告做准备，殚精竭虑。到场的有三十多人，马雅可夫斯基进场后，刚开始讲话便"大吼了几句带有抨击性的话语，沉默片刻，接着几乎是哭着跑出了房间"。使他情绪激动，以至于忽略了所有在场朋友的原因很简单：他在为不能在开阔的广场上做宣传与鼓动而苦恼。

"演讲台"对于马雅可夫斯基来说，是生命一样的存在，他像演员一样呼唤观众为他痴迷的时刻；而反过来，他整个一生的跌宕起伏，又都在演讲台上显露出端倪。

在步入俄罗斯诗坛之前，马雅可夫斯基在一段时期内曾扮演过"流氓艺术家"角色。他爱好与打赌有关的一切，自然也包括赌博，喜欢吹嘘、大胆放肆，性子急躁又极度自负，大概正是这些品格保证了他与"未来主义"相遇，并成为其中的领袖。同为画家的达维德·布尔柳克发现了马雅可夫斯基，并且在1912年把他带到了"未来主义"的圈子。确切地讲，这群美术学校的学生成立的流派名称为"立体未来主义"，宣言发表不久后，他们迅速开始了在外省的巡回演讲。

马雅可夫斯基凭借其英俊的外形、天才的演讲才能以及独特的装束（经常穿一条黄色女长衫），吸引了不少女性的青睐。通过传记中一个女大学生听众的描述，我们似乎可以想象出马雅可夫斯基在台上的风采：

尤其当他读自己诗作的时候，那时他有些蛮横，对那些盼着出乱子的庸俗资产阶级听众报以沉着的蔑视：《可毕竟》《您能吗？》《爱情》《"我用我嗓音的天鹅绒为自己绣一条黑裤子"》……

帅气。有时会问："我帅吧？"……

对于马雅可夫斯基在演讲台上卓越的控制能力，扬费尔德曾多次提到。这是对"自我"的感知溢出个体存在之外的突出表现。同时代的茨维塔耶娃虽然与他交往不多，却凭借诗人的敏锐，在《现代俄罗斯的史诗和抒情诗》一文中，将帕斯捷尔纳克和马雅可夫斯基作为同时代诗歌的两种对立风格进行了有趣的对比。她同样把马雅可夫斯基首先看做一名演说家：

而马雅可夫斯基什么也不害怕，他站在那里高声喊叫，叫的声音越高——就有越多的听众，听众越多，他的叫声也就越高——直到达到《战争与和平》里的状态，引来综合技术博物馆几千人的听众——在这之后传遍全俄罗斯一亿五千万人口的广场上（就像我们说起歌手会用到"竭尽全力演唱"这个词，说起马雅可夫斯基可以用"竭尽全力喊叫"来表达）。

这种"振臂一呼"的雄浑气势足以让马雅可夫斯基成为人群中最不安分的一个。当他把自己的长诗《穿裤子的云》部分片断读给马克西姆·高尔基、科尔涅伊·楚科夫斯基和伊利亚·列宾听时，竟然使得高尔基受到了惊吓，焦虑不安，以至于"像女人一样号啕大哭"。诗歌中彻底的反叛把诗人放在与宇宙相对立的位置，加上马雅可夫斯基的朗诵，使高尔基感叹自己"从没有在《约伯记》以外的地方读到过如此这般与上帝的交谈"。

不过这一时期的马雅可夫斯基还把革命看做自身生活之外的事件,他真正开始为工人阶级摇旗呐喊,是在1918年秋天加入彼得堡造型艺术处之后。为了寻求社会基础,马雅可夫斯基曾与造型艺术处的其他人员在彼得格勒各工人区举办了一系列讲座和诗歌晚会,他们要向工人证明自己与无产阶级亲密无间的关系。他在一步步走向彻底拥护新政权的路上,也夹杂着对自身名望的考虑——只有得到官方和舆论的普遍认可,他才有可能出版自己的诗集,让更多人看到自己。

然而布尔什维克政权也并不总是需要这样一名嗓门过高的宣传员。笔者认为,这本书对马雅可夫斯基研究最显著的贡献,便是详尽地揭示了他与革命之间暧昧不清的关系。沿着扬费尔德的线性叙事轨迹我们看到,无论是筹备共产未来组织(在列宁口中,它成了"流氓共产主义"),还是写作具有哗众取宠性质的长诗《一亿五千万》《列宁》《好》,马雅可夫斯基的种种探索带来的结局都表明,他在文学上张扬的革命美学不仅不会成为官方意识形态,反而经常受到政权的否定和打压。实际上,在建立政权之初,未来主义就因为其暗含的无政府主义色彩而受到文化官员们的警惕和排斥。马雅可夫斯基的这种经历,使人不由想起卡夫卡小说《城堡》中的土地测量员K,肩负着为城堡工作的任务孤军奋战,费尽周折最终也没能够走进城堡，没能见到最高当局。

不过，马雅可夫斯基表忠心的举动也并非总是碰到钉子，主管过文化的托洛茨基、卢那察尔斯基和布哈林都曾经对文艺工作发表过颇具自由色彩的言论，卢那察尔斯基曾推动过诗集《一亿五千万》的出版，也对于马雅可夫斯基赴德国旅行予以特殊关照。1922年，发表在官方《消息报》上的抨击官僚体制繁文缛节的诗歌《开会迷》意外得到列宁的好评，这似乎是对马雅可夫斯基迈向"人民诗人"的阶段性肯定。这些表现给桀骜的诗人许多错误的信号，让他以为自己是被拣选的"第十三个使徒"，在《开会迷》发表两天后立刻乘胜追击，发表了相同主题的《官僚颂》。政治为先导的诗歌和美学占上风的诗歌相比，艺术追求显然不在一个水平线上。但马雅可夫斯基不以为意，他宁愿两种诗歌同时写作，也不要像帕斯捷尔纳克那样决绝。这里体现出马雅可夫斯基孩童般的天真。就像他在赌局上一心求胜的固执，在文学创作上他也像个孩子——什么都想要，什么都不愿意失去。

1922年12月，马雅可夫斯基结束西欧旅行回国后，应邀在理工博物馆做了两场讲座，对柏林和巴黎的见闻侃侃而谈。同在讲台上的莉莉对他的吹嘘非常不满，因为她和他一起在国外，清楚马雅可夫斯基在国外真正增长的并非文学艺术见闻，而是牌场上的阅历。但马雅可夫斯基并不为满口胡言感到惭愧，相反，他很骄傲自己作为文学家还能引领整个舆论的方向，在群众中间制造轩然大波，大众的讲坛依然属于他。根据当时《消息报》的报道，为了维护会场秩序，当局甚至出动了骑警。而陪衬马雅可夫斯基炙手可热气势的，是文艺圈里的动荡不安的氛围。1921年契卡插手知识分子的生活，诗人古米廖夫成为1917年革命后第一个被处决的诗人，象征主义诗人勃洛克因为不被获批出国疗养而与世长辞，加上1922年马雅可夫斯基朋友圈里的雅各布森、埃尔莎、什克洛夫斯基等纷纷出国寻求新的生活，马雅可夫斯基此时站在了最气势宏伟的演讲台上，只是他身上的光环过于耀眼而显得形单影只。

在政治面前，马雅可夫斯基时常做出莽撞的举动，其中也不乏审时度势的违心之举。1924年，他在列宁逝世后，像追踪热点的记者一样，火速创作了长诗《弗拉基米尔·伊里奇·列宁》。为了更全面地表现伟大领袖，他甚至在友人的帮助下，对列宁的生平和思想进行了"速成"式的学习。最终写成的诗歌长达三千行，是诗人所有作品中最长的一首。他在这首诗里努力"跨越自我"，试图消灭个人成分，担当时代的发言人。1929年，在契卡加紧对文化工作者的监控时，马雅可夫斯基在报纸上发表声明，他指出并未阅读过皮里尼亚克发表在外国的作品，还信誓旦旦地要以自己的作品作为武器。他批评那些在国外出版的作品相当于"在前线叛变"。扬费尔德指出，这反映出他个人"在这段时间遭受了道德贬值"。在复杂的环境下

（甚至和他生活在一起的奥西普就是契卡的工作人员），嗜赌的马雅可夫斯基宁愿扑过去拥抱它，把生命当做赌注，以换得个人价值的实现。只是政治的考验比起《圣经·约伯记》，要残酷和吊诡得多，今天他会作为一枚棋子被拣选，明天就有可能被遗弃。

1930年，在批评苏联社会官僚化和特权阶级的剧本《澡堂》遭到大规模的批评之后，马雅可夫斯基迎来了他的"创作二十年"展览。展览邀请了不少党和国家的要员，但统治高层的领导们无一人出席，从当时拍摄的一张马雅可夫斯基在展览会上的照片可以明显感受到，被孤立的感觉给他带来了巨大的疲惫和愤懑，他整个人都被孤独感笼罩着。同一年的3月17日，在自己最钟爱的理工博物馆的讲台上，马雅可夫斯基朗诵自己的诗歌《放开喉咙》，以向群众证明自己没有"变成报纸诗人"，但流感带来的失声让他第一次放弃了自己的舞台，他致歉时说，"也许这已经是最后几场晚会了"。

随后的4月8日，他在莫斯科普列汉诺夫国立经济学院与学生见面，没想到遭遇了台下学生集体的攻击，大厅内的情绪对立达到了白热化的地步。有学生质疑他的创作"极端个人化"，没有从事具体的工作。有学生批判他的作品过于冒进，可读性很差。这对马雅可夫斯基的打击很大，他没想到在自己最有信心的演讲台上，一切会失控。这次演讲发生在他开枪自杀前的五天。也许在混乱中间，马雅可夫斯基已经意料到，他作为一个曾经被遴选的"种子选手"已经遭到了彻彻底底的抛弃,当他警告台下的学生们:"等我死了,你们会含着感动的泪水朗读我的诗",没有人受到感动,台下回报他的是哄然大笑。

另一种革命:马雅可夫斯基的"三人之家"

马雅可夫斯基在自己的自传里,曾这样描写他生命里最重要的一段群居生活:

1915年7月的一天是最令人快乐的日子,这一天我认识了莉·尤·布里克和奥·马·布里克夫妇。

在这场如今看来依然不失先锋色彩的"三人家庭"里,马雅可夫斯基体验到两个层面的利弊得失:在文学上,奥西普在文学上的品位给马雅可夫斯基带来很多启发,而莉莉无论是作为他创作灵感的"缪斯"还是出版推广事业可靠的合伙人,都发挥了不可替代的作用。但在精神生活之外,马雅可夫斯基遭遇的更多的是心力憔悴,是一种挫败感。亲密关系上的革新性尝试,是马雅可夫斯基在公共领域之外,遭遇的第二次"革命"。前一次他的失败,主要由于他不得章法的激进做派,而这一次则更多与他的思想"保守"有关。

在20世纪前期的俄苏文化圈,莉莉可以称得上是"以文会友"的名媛中最闪亮的一个。无论是诗人圈子还是绘画和电影圈，她充沛的精力和旺盛的情欲保证了她不会缺席这一时间段任何一位文化名人的传记。而她的丈夫奥西普与她相比，则更像一个书斋里的性冷淡者，学识渊博又沉默寡言，联想到他曾作为契卡情报人员为布尔什维克政权服务，那张温和忧郁的脸上又增添了几分阴森可怖。

这个犹太中产阶级家庭之所以会选择马雅可夫斯基作为新的成员，除了莉莉与马雅可夫斯基短暂的肉体关系之外，还包含了更多精神气质上的因素。这本传记向我们展示出多年来维持这个三角形稳定关系的重要动力：马雅可夫斯基拥有令布里克夫妇仰慕的才华，是这对夫妇乏善可陈的家庭关系的调节剂；莉莉是马雅可夫斯基灵感的最主要来源，而奥西普的学识和物质基础又都为马雅可夫斯基创造了不少便利。

扬费尔德没有集中描写马雅可夫斯基的新生活，而是用夹杂在马雅可夫斯基创作经历中的一些细节，为我们揭开了这个三口之家的一角面纱：在寓所里，马雅可夫斯基读诗给布里克夫妇，接受他们的意见；莉莉为马雅可夫斯基诗集的出版奔走斡旋，甚至直到他去世多年，她还写信给斯大林，促成出版马雅可夫斯基的文集；马雅可夫斯基和奥西普共同创作电影剧本，而莉莉担任影片里的女主人公；三人一起游历国外，陪同马雅可夫斯基出席演讲等各种场合，宛若他的家人……

表面上看，似乎这种关系再和睦不过，所有的安排都有童话的痕迹。从马雅可夫斯基和莉莉通信的称谓中也能够看出，他们仿佛像孩童一样，保留着对各自单纯的热情。但事实上，三口之家日常的相处不可能总是亲密和融洽，这只是文学青年们乌托邦式的想象，正是与莉莉之间的一切激发了马雅可夫斯基的灵感，同时折磨着他的神经，消耗他的激情，并部分地加速了他的死亡。在爱情生活里，马雅可夫斯基同样没有摆脱被拣选又被遗弃的命运。

马雅可夫斯基创作的绝大多数爱情诗都是献给莉莉的，这是一条贯穿他整条创作道路的感情线，即使他在生活里也有过不少浪漫的邂逅，但他自始至终要把莉莉放在情感生活的首位。在马雅可夫斯基心中始终泛滥着恋母情结一类的情愫，那种惧怕被莉莉抛弃的担忧折磨着他。传记显示，1924年之后，莉莉曾经数次因为对马雅可夫斯基的倦怠，而提出和他分手（注意，莉莉从没向丈夫奥西普提过离婚，甚至在奥西普结识了新的女伴之后），马雅可夫斯基的疯狂表现让人觉得他像个六神无主的孩子。在同时代人卡缅斯基的回忆中，马雅可夫斯基并没有感觉到同居关系带来的幸福，他甚至因此变得更加孤独。但他会蹲守在莉莉的住所附近，等待她的出现，忍受不住约定的时限，一封封写信给她。他克服不了赌徒的心理，不愿意在这场游戏里认输。

尽管在私人生活方面，三个人基本上达成了"互不干涉"的原则，无论哪一方（基本上这一点与"性冷淡"作风的奥西普关系不大）出现新的情人，其他两方都不得横加阻拦；但传记中还是出现了一些莉莉插手马雅可夫斯基感情生活的例子，如马雅可夫斯基与女俄侨塔季亚娜未遂的婚事。从马雅可夫斯基和莉莉·布里克的通信中，也反映出莉莉强烈的占有欲。在1924年莉莉·布里克给马雅可夫斯基的一封信里，对马雅可夫斯基的行踪有所警告："你要去哪里？一个人吗？去墨西哥？你的毛都起球了吧？帮我弄一个墨西哥签证——春天我们一起去（带奥西普吗？）……算了，还是做你自己想做的事吧。没有你我们很寂寞。"而在马雅可夫斯基的信里，也在力证自己的忠诚："亲爱的，我很想念你。每个人都应当努力让自己拥有一个人，而我的这个人便是你，真的。"但这样的"猫鼠游戏"带来的其实是更加不顾一切的越轨冲动。在1928年写给新情人塔季亚娜的信里，马雅可夫斯基少有地几次"背叛"了自己的缪斯女神：

爱——

　　这是从被失眠

　　　　磨破的床褥

挣脱，

　　因为嫉妒哥白尼，

把他，

　　而非玛丽亚·伊万娜的丈夫

当作

> 自己的
>
> > 情敌。
>
> (《从巴黎寄给科斯特罗夫同志的有关爱情本质的信》)

为了便于理解马雅可夫斯基和布里克夫妇的同居关系，传记作者简要回顾了苏联成立之初轰轰烈烈的女性解放运动。或许作为历史背景，它能够为莉莉的行为提供一些具有说服力的动机。在 1917 年十月革命之后直到 20 年代中期斯大林上台，苏维埃第一公共福利人民委员亚历山德拉·柯伦泰曾经积极组织了一系列的女权活动，其中包括妇女文化教育、个人权利，也包括性革命。性自由成为当时男女完全平等观点的一个表现，也是"共产主义"的应有之意。柯伦泰提出的"杯水理论"在当时的苏联社会广为流传：在一个不受资产阶级道德束缚的社会中，人满足自己的性需求将会像喝一杯水一样容易，无论男女都有性自由的权利。

在马雅可夫斯基同时代的圈子里，自由的氛围曾孕育了不少类似的三角恋爱关系：奥西普·曼德尔施塔姆与诗人玛丽亚·彼得罗维赫保持着恋情，并得到妻子的欢迎；已婚的马克西姆·高尔基先是与女演员玛丽亚·安德烈耶娃，随后又和玛丽亚·扎克列夫斯卡娅－本肯多夫－布德贝格男爵夫人公开同居；而著名诗人阿赫玛托娃与普宁同居期间（阿赫玛托娃与诗人古米廖夫所生的儿子在过大学假期时，也在普宁寓所的走廊里住过一段时间），每天晚上他们都会与普宁的第一任妻子共进晚餐。而这也让我们想起了在我国影响重大的长篇小说《怎么办》(1863)。早在19世纪下半期，作家车尔尼雪夫斯基就在书中以一段三角自由恋爱关系为线索，展开他对乌托邦社会观的思考，并且他本人也是三角恋爱的积极践行者。

或许，抛开八卦和猎奇的趣味，我们可以将马雅可夫斯基与布里克夫妇这种组合方式，理解为当时的文化人士对共产主义乌托邦的一种想象。扬费尔德强调，莉莉、奥西普和马雅可夫斯基之间的关系从来都不是肉体意义上的三人生活。尽管莉莉的自由恋爱理论给马雅可夫斯基带来了无尽的折磨，"但他们共同生活的基础是一种更深刻的共性"。三个人共同的文学理想和追求，他们为"列夫"等文学团体、为电影和大众传媒领域所贡献的奇思妙想，将他们的生活紧紧联系了起来。这种类似于"同志"的革命友谊，远远超出了肉体上的吸引，是一种共产主义构想之下的亲密关系。

莉莉独特的个人魅力，使得她几乎与马雅可夫斯基的所有女性朋友都成了朋友。就连他的最后一任情人、女演员波隆斯卡娅，也来自莉莉的从中撮合。不过，扬费尔德使我们了解到，尽管波隆斯卡娅一直被公共舆论视作马雅可夫斯基饮弹直接原因的女人，其实在他的整个生命中并没有留下太多印记。1928年，马雅可夫斯基在美国曾与一位叫埃莉的女士有过短暂的感情，后者为他生下了一个女儿。但他丝毫没向埃莉隐瞒自己唯一真正爱的女人是莉莉这一事实。同样地，在他写下的遗书中，莉莉依然被排在无可取代的位置：

不要为我的死责怪任何人，也请不要搬弄是非。逝者极其不喜欢这样。

妈妈，姐姐和同志们，请原谅，这不是个办法（不建议别人效仿），但我没有出路。
莉莉娅——要爱我。
政府通知，我的家庭是莉莉娅·布里克、妈妈、两个姐姐和维罗妮卡·维托利多夫娜·波隆斯卡娅。
……

遗憾的是，在他举枪自杀的时刻，名单中所有家人都不在身边。他的莉莉娅当时正和丈夫奥西普在阿姆斯特丹参观当地的名胜古迹。马雅可夫斯基注定要在一个被遗弃的时刻向世界告别，他曾对所有爱过的人倾其所有，如今他心平气和地宣称，"我和生命已两清，/ 也不必再罗列 / 彼此的伤痛、/ 不幸 / 与怨恨"。

我死之后,世界将会怎样?

1975年,著名的至上主义艺术大师马列维奇的学生叶菲姆·罗亚克创作了一幅马雅可夫斯基的水粉肖像画,在这幅画里马雅可夫斯基的头像占据了画面的大部分位置,他的下方是人间的一角。这里的马雅可夫斯基双目失明,画家似乎暗示了这位曾经在诗歌《人》等多部作品里以基督自诩的诗人,对于死后的世界一无所知。虽然在我国古代典籍中就出现过"知我罪我,其惟春秋"的观点,但马雅可夫斯基死后受到的毁誉不一的两极化评价,还是颇为令人扼腕。

扬费尔德在传记的末尾,认为马雅可夫斯基一共经历了三次"死亡"。1930年4月14日,诗人按动了毛瑟手枪的扳机,结束了自己的肉体生命,这可以算作是他的第一次死亡。苏联当局曾就马雅可夫斯基的自杀在国内引起的反应做出调查,并迅速引导舆论,将诗人的死因归于其个人原因。事实上,一个喜欢表现,思想又比较激进的"公知"对于社会统治总是构成了隐秘的威胁。因此,在这个巨人走下舞台后的几年,苏联官方并没有对马雅可夫斯基进行追念,其作品也很大程度上被埋没了。

直到1935年,莉莉·布里克上书斯大林,请求重新启动马雅可夫斯基作品集的整理和出版工作,斯大林予以批示,并评价说:"马雅可夫斯基过去是,现在仍是我们苏维埃时代最优秀、最有才华的诗人。"这迅速带来了一窝蜂的出版狂潮，甚至诗人的生平也按照社会主义现实主义的原则被重写，他的诗歌进入了中小学教科书，城市、街道和广场开始以马雅可夫斯基的名字命名。这种将马雅可夫斯基"封圣"的做法在诗人帕斯捷尔纳克看来，无异于促成了马雅可夫斯基作为一个完整诗人的"第二次死亡"。

而20世纪90年代之后，随着苏联政体的垮台，"马雅可夫斯基"作为一个旧时代的符号，冉次被遗弃。马雅叮夫斯基的诗集在俄罗斯的书店里销声匿迹，他在诗歌上所做的一切努力，连同苏联社会的一切被埋入了废墟。这"第三次死亡"完全同马雅可夫斯基本人无关，他成了旧时代无辜的牺牲品。

后两次"死亡"想必完全超出了马雅可夫斯基生前的想象范围，他最推崇自己作为"个人"的独立地位，而社会对他的态度，恰恰把他当成了时代的附属品，这大概是马雅可夫斯基的传记中最具有讽刺意味的一笔。不过，对于中国的读者来说，这本六百多页的传记写到这里并不算终结。需要补充的是，自从1921年左翼作家瞿秋白拜访马雅可夫斯基并将他介绍给中国读者，马雅可夫斯基近百年来在中国的形象变迁，对扬费尔德这部传记不啻为一种有益的补充。

1929年，上海光华书局出版了李一氓、郭沫若合译的马雅可夫斯基诗歌《巴尔芬如何知道法律是保护工人的一段故事》《我们的进行曲》以及《非常的冒险》，抗日战争时期萧三发表在《大众文艺》上的《左的进行曲》《最好的诗》，可以算作中国读者接触到的最早的马雅可夫斯基的作品。从这些诗歌的内容也不难看出，中国的知识界最早给马雅可夫斯基的定位是"革命歌手""苏维埃诗人"。就像首次将马雅可夫斯基介绍到中国的瞿秋白所言，"……在所有诗人中几乎只有他能完全接受'革命'；他将革命视为生活，呼吸革命，寝馈革命"。

翻译家们之所以介绍马雅可夫斯基（甚至在1940年诗人逝世十周年之际，一大批他的粉丝在中国数家杂志开辟整版予以纪念），其用意还是在强调马雅可夫斯基的革命性，将其用于我国革命的宣传。这样的定位，直到新中国成立之后的20世纪60年代也依然没有改变，甚至有论述指出，"马氏作品大众文学的特点，恰恰符合毛泽东1942年在关于文艺与生活关系论述中所强调的文学艺术应服务于大众的观点，马雅可夫斯基也因而成为中国文艺工作者服务大众的典范。也正因此，马雅可夫斯基在中国的接受达到了前所未有的高度。"

直到改革开放以后，国内学界对马雅可夫斯基的学术兴趣才日渐浓厚，这个时候马雅可夫斯基诗歌中的革命内容逐渐被他作品的实验创新形式、主题的多样性取代，有的学者开始将马雅可夫斯基的创作美学同俄国文学的先锋主义联系起来，指出他写作的"现代性"。尤其是90年代以后，俄国学术界对马雅可夫斯基的重新评价也引发了中国的文学研究者深入的反思，一批探讨马雅可夫斯基与俄国白银时代文学关系，研究马雅可夫斯基所代表的未来主义创作，发掘马雅可夫斯基早期抒情诗、儿童诗、戏剧创作等方面的论文相继出现。可以说，马雅可夫斯基在中国文学研究界的身份渐渐丰富起来，除了写作革命诗歌，他还是立体未来派诗人、剧作家、儿童文学作家。从这个意义上来说，相比于传记中马雅可夫斯基经历的三次死亡，马雅可夫斯基在中国经历了一步步"拨乱反正"的过程，从革命时代的"吹鼓手"到近年来的多重身份，他作为一个有着独特文学才情的时代"弄潮儿"逐渐获得了新生。不过这还只是研究界，从大众舆论来看，马雅可夫斯基的"吹鼓手"形象似乎已经根深蒂固地烙印在了普通读者心中。

这或许就是扬费尔德这部马雅可夫斯基传记在今天对于中国大众读者的意义。《生命是赌注》这本书展现了一个与时代交锋的马雅可夫斯基，重新梳理了他与政治浪潮、苏联文化生活之间纷乱多样的关系，把一个天才诗人的张扬与失落描写得淋漓尽致。借助作者的笔触，我们更深刻地认识到一个同时具有某些天赋和更多平庸面的人在一个特殊的时代里，可以自由行走的"界限"。马雅可夫斯基大概不会乐意我们将他称作"普通人"，就像如来佛祖手心里的孙悟空不愿意承认自己"赌输了"。但从这部传记中，我们更多地读到了他将全副身心押到牌桌上之后，在革命和爱情上遭遇的损失。他在轰轰烈烈的革命形势和诡谲多变的人情世故面前，不断地被拣选、被遗弃，作为一个天才诗人，这或许是莫大的悲剧；但作为普通人，这就是生命的常态。

疯狂岁月里,看见一颗更疯狂的心

——记丹尼尔·哈尔姆斯

假如某天你恰好和丹尼尔·哈尔姆斯相遇,他一定会以这个样子出现:一双眼睛斜视如鹰隼,嘴里叼着一个大烟斗,身穿双排扣的坎肩、高尔夫球裤,手握一把黑色雨伞,静悄悄地躲在一棵树上,专门等你经过时尖叫一声,吓得你一身冷汗。事实上,他的文字也是同样的荒诞不经、匪夷所思,他一生痴迷于玄学和女人,研究摄取人灵魂的学问,只可惜那个时代没能给他足够的营养,这使他看起来形容瘦削,只有一双眼睛还有些神采,目光中掺杂了几分轻蔑和鄙夷。

丹尼尔·哈尔姆斯原名丹尼尔·伊万诺维奇·尤瓦乔夫,"哈尔姆斯"这个杜撰的姓氏(Хармс)糅合了英语 Harms(痛苦)、Charms(魅力)和梵语 Dharma(规诫)等诸种含义。哈尔姆斯对于语言的多义性极其关注,这也是早年他沉迷于未来主义诗人赫列勃尼科夫、克鲁乔内赫等人的"超理性诗学"的原因。他最初还是作为一个儿童作家出现在读者的视野。1927年他开始担任儿童文学杂志《刺猬》的编辑,在随后的几年间,他发表了《伊万·伊万诺维奇·萨玛瓦尔》《游戏》《说谎者》等儿童诗歌,这些作品既有儿童世界的童真,也不乏对于成人社会的影射,不幸的是,这后一点给他本人带来了巨大的隐患,1931年12月,苏联当局以涉嫌危害国家安全的罪名逮捕了他,直到一年后在父亲的斡旋下,他才终于回到列宁格勒。在这之后,哈尔姆斯除了继续儿童义学的创作,也开始写一些"算不上是什么体裁"的短篇。这些故事中不安的成分越多,作品的荒诞意味也就越重,最终你会发现,个体的存在正挣扎在这样荒诞的泥淖里不得解脱,直到没有征兆的死亡突然到访,结束这意识浅薄的生活。"他吃啊吃,吃啊吃,吃啊吃,/后来觉察到胃里某个地方要命的坠痛。/他推开阴险的饭菜,浑身颤抖,痛哭。/他衣兜里金色的钟表停止了滴答。/他的头发突然发亮,目光澄明。/一对耳朵掉到了地上,就像秋天从杨树上落下枯黄的树叶。/就这样他猝然死去"。这种引向死亡的不确定和怀疑,常常令人想起卡夫卡,这两位作家的文本中都被一种不可知的、阴郁的氛围所笼罩,"环境"的神秘力量掌控了一切法则,个人的努力和挣扎在它面前显得微不足道,甚至是徒劳无益。

谁是丹尼尔·哈尔姆斯？

他是苏联作家、诗人、剧作家，荒诞派先驱人物、后现代主义天才。他1905年出生于俄国，早期活跃于圣彼得堡先锋文艺界，是"真实艺术协会"的中坚力量，该团体力推欧洲超现实主义，并积极挑战苏联官方沉闷刻板的美学风格，但不断受到官方打压。1931年，哈尔姆斯因"反苏行径"被判入狱一年并流放至库尔斯克。随后，哈尔姆斯靠写儿童文学维持生计，但1937年其儿童书籍也被官方抄没，生活陷入窘境。随后他仍坚持创作怪诞诡异的短篇故事，但终其一生作品并未出版，直到他死后几十年，哈尔姆斯的诗歌和小说才在俄罗斯和西方文学研究者的努力下被重新发掘。1941年，哈尔姆斯因"宣传失败主义"而被第二次逮捕，此时列宁格勒已经身处德军围城的泥潭当中，被关入军方精神病监狱的哈尔姆斯在1942年2月饿死狱中。

哈尔姆斯笔下的故事是先锋的，但又不是那种索然乏味、形式至上的先锋；它充满着矛盾和障碍，这些潜伏在文本中的不可知与不顺，就像作者身上叵测无常的命运一样，折射着那个疯狂岁月里更加疯狂的心灵。海明威曾调侃世界文坛只有陀思妥耶夫斯基和托尔斯泰这两位大师为他力所不敌，殊不知在很多西方评论家看来，同丹尼尔·哈尔姆斯相比，陀托二氏的作品都是小儿科。可惜的是，对于中国读者来说，丹尼尔·哈尔姆斯只是一个陌生的名字。

幸运的是，致力于翻译各国开放版权图书并将其电子化的"译言古登堡计划"项目现已推出哈尔姆斯作品唯一中译本，分诗歌、戏剧、中短篇小说三本，已登陆字节社、豆瓣阅读、多看阅读。哈尔姆斯来了。

造怪诞风格，倾心于描写"事件"而非"故事"

丹尼尔·哈尔姆斯最吸引读者的，正在于这种独立于整个时代的怪诞风格，而这在他创作高潮时期的代表作《偶然事件》中，得到了最淋漓尽致的体坝：

> 一个老太婆由于过分的好奇从窗口坠落下来，摔伤了。
>
> 从窗口探出另一个老太婆，她开始向下望那摔伤的，但由于过分的好奇也从窗口坠落下来，摔伤了。
>
> 然后从窗口坠落下第三个老太婆，然后是第四个，然后是第五个。
>
> 而第六个老太婆坠落时，我已厌倦看她们，于是我去了马尔采夫斯基市场，在那儿，据说，有人给了一个瞎子一条针织头巾。(《坠落的老太婆们》，1936—1937年)

一种没有节制的荒诞在哈尔姆斯的文本中蔓延开来，哈尔姆斯试图拆解一切传统叙事的牢固支撑，将它们分崩离析，这不能不让人联想到晚于他创作三十年的后现代文学。美国学者尼尔·科内尔就曾经指出，哈尔姆斯与其说是乔伊斯式的、现代主义的"词的终结"，不如说是贝克特式的、后现代主义的"故事的终结"。然而作家本人坚持认为自己是一位严肃作家。他在作品中刻意淡化具体时代和具体的社会背景，他笔下的梦境、窗户、公交车、道路和楼房，从来不与具体的空间形式相联系，这使得他的讲述如梦的呓语一般模糊不定，同时又获得了普遍的、永恒的意义。他关注的是所有的人在普遍的社会中所面临的生存境遇，是人类最基本的物质和情感诉求。

哈尔姆斯倾心于描写"事件"而不是"故事"，在这则短文中，"道路"脱离了其具体的意义（甚至隐喻意义），仅仅成为两个人相遇的一种媒介。"一个人"和"另一个人"，在没有明确标志的地点"相遇"，这种相遇一方面满足"偶然事件"的特点；另一方面，双方对于彼此都是无所求的，这就保证了相遇的"纯洁性"，是"不期而遇"。这或许正和阿兰·巴丢提到的一个说法不谋而合，"真理物质产生于特定的环境之中，每一个真理都开始于逃避构造和控制这些环境的现行逻辑的一个事件或发现"。文中相遇的两个人已经从具体的时间和空间中抽离出来，使得整个事件变得轻盈起来，没有了支点。哈尔姆斯对于"空间"的描写向来如此：缺乏逻辑真实的环境的营造，具体可感的空间符号丧失了一般的意义和质感，是一种纯净的虚无状态。他在笔记中写道："空间从本质上来说，是统一的、均质的、不间断的，因此也是不存在的。"

玩文字游戏，在语言绝境处遭遇"真实"

同时，丹尼尔·哈尔姆斯对待语言的态度也尤其值得注意。或许是受到"非理性诗学"的影响，他经常在诗歌和小说中使用重复、无意义的语言，有时候为了达到语音上的某些效果，他甚至生造新词并赋予其意义，譬如这首搞怪却颇有新意的诗歌：

> 所有所有所有的树木都是"必夫"
> 所有所有所有的石头都是"罢夫"
> 整个整个整个的自然就是"布夫"。
> 所有所有所有的姑娘都是"必夫"
> 所有所有所有的男人都是"罢夫"
> 整个整个整个的婚姻就是"布夫"。
> 所有所有所有的斯拉夫人都是"必夫"
> 所有所有所有的犹太人都是"罢夫"
> 整个整个整个的俄罗斯就是"布夫"。

（1929年10月）

这里的"必夫""罢夫"和"布夫"是作者杜撰的,并没有实际意义的词语（пиф，паф，пуф），目的是为了造成诗句末尾的押韵和对称,根本没有办法翻译成中文。哈尔姆斯玩弄语言游戏,用三个没有实际意义的词来代替概念的对等,似乎是为了表现大自然、婚姻和整个俄罗斯都是虚无的符号,没有实质上的所指。然而,树木、姑娘与斯拉夫人作为"必夫",石头、男人和犹太人作为"罢夫",中间仿佛又暗含着联系。语言符号的能指和所指间的关系出现了混乱,很多情况下,语言并不指涉外部现实,而是符号和符号之间的互相指涉。在这种指称逃逸和语义的游戏中,哈尔姆斯把语言逼上了一个绝境,而读者正是在这种绝境之处,遭遇了他和"真实艺术协会"其他成员所宣扬的"真实"。

1939年,由于害怕被派往前线参加战争,丹尼尔·哈尔姆斯费尽心思假装精神病人；1941年,他再次被捕,又一次在半理智、半疯癫的状态中被送入医院。直到1942年2月2日,这样一位有着独特个性的作家,在监狱的精神病院逝世。哈尔姆斯生前潦倒,除了儿童诗歌外,其他体裁的作品都无人问津。他大概想象不到,在他去世三十年后,欧美和俄罗斯相继掀起了阅读、研究哈尔姆斯的热潮,他的诗歌和小说作品一版再版,剧本也被多次搬上舞台。美国权威文学杂志《纽约客》曾评价说："哈尔姆斯戏谑又诗意的作品,足以使他与贝克特、加缪、尤涅斯库等荒诞派大师相提并论。"

这些评价是否确切还有待商榷,但有一点确实值得注意:与欧美和俄罗斯的哈尔姆斯热潮相比,这位作家在中国的接受度和他本身的价值还远远谈不上相得益彰。迄今为止,国内还没有出现哈尔姆斯的纸版作品集,研究文献也寥寥无几。2008年,大卫先生曾在《中华读书报》撰文,从英语读书界介绍哈尔姆斯,题名为《陌生的丹尼尔·哈尔姆斯》,遗憾的是,如今七年过去,哈尔姆斯对于中国读者依然陌生。

穿越现实里的种种"不可能"

——评帕斯捷尔纳克《日瓦戈医生》

20世纪40年代初,苏联反法西斯战争期间,帕斯捷尔纳克与家人一起被疏散到奇斯托波尔。当时他从事的主要工作是翻译莎士比亚、歌德、席勒的文学作品,《罗密欧与朱丽叶》正是在这个时间段完成的。顺便插一句,帕斯捷尔纳克翻译的莎士比亚和歌德,至今在俄罗斯翻译界无出其右;不过,他还是在空闲时间,创作了一批与战争有关的诗歌。

令他苦恼的是,这些诗歌因为不像西蒙诺夫、特瓦尔多夫斯基的文本那般意象朴实、简单易懂,最终没能在苏联的战时获得广泛的知名度。其实,那个时候帕斯捷尔纳克已经在酝酿写作小说,早在30年代,他就在给高尔基的信中说到自己更渴望散文体的写作。在经历过几部未完成的半成品之后,他在1946—1955年间,创作完成了后来获得诺奖的《日瓦戈医生》。

"奇迹"是《日瓦戈医生》最重要的组成部分

对于"讲故事"的热爱,在帕斯捷尔纳克的幼年便显现出来。德·贝科夫的《帕斯捷尔纳克传》记载,有一次,在一间黑屋子里,鲍里亚("鲍里斯"的昵称,即帕斯捷尔纳克)讲了一个"蓝胡子"的故事,把自己的弟弟"简直吓傻了"。看到弟弟的魂儿都要吓丢了,鲍里亚后悔不迭。那个时候,他就相信自己具有感染其他人情绪的超能力;而叙事作品无疑是实现这种超能力的最佳途径。在《日瓦戈医生》里,帕斯捷尔纳克为自己确立了作为故事叙述者的几种品质,其中之一就是对"奇迹"的追求。

在贝科夫看来,"奇迹",或者说"巧合",是《日瓦戈医生》最重要的组成部分。帕斯捷尔纳克广泛运用了这些手法,尽可能使之凸显出来,并带着个人的愉悦感,堆叠了各种偶然性,赋予它们以韵律。他甚至认为,除却作品中这些"命运的交叉",整部小说就"只剩下被人们称道的风景,再加上几个警句"。贝科夫这里似乎有些夸张,不过翻开这部小说,这样的"命运的交叉"的确有不少,其中最典型的或许要数那段对"冬之夜"的描述。

1907年圣诞夜,日瓦戈和冬妮娅乘坐雪橇到斯文季茨基家参加圣诞晚会,在卡尔梅格尔斯基街上,日瓦戈无意间瞥到一户人家的窗户,"窗花被烛火融化出一个圆圈。烛光从那里倾泻出来，几乎是一道有意识地凝视着街道的目光，火苗仿佛在窥探往来的行人，似乎正在等待着谁"。这场景使他内心受到震动，他瞬间获得灵感，低声念出"桌上点着一根蜡烛，点着一根蜡烛"这样的诗句。作为主人公的日瓦戈和作为诗人、作者的帕斯捷尔纳克在此处实现了联动——这诗句后来出现在这部书的末尾，成为诗歌《冬之夜》的内容。

而这亮着烛光的窗户的情节也远没有结束，帕斯捷尔纳克在其中安排了一个当事人双方都不知道的剧情：就在那个圣诞夜，日瓦戈凝望窗子的时刻，拉拉正在房间里向未来的丈夫安季波夫表白心迹。"房间里洒满了柔和的烛光。在窗玻璃上靠近蜡头的地方，窗花慢慢融化出一个圆圈。"原本处于两个空间的男女主人公，被烛光聚拢在了一起。

在这个场景过去十八年之后，日瓦戈和拉拉经历了时代洪流的冲刷，经历了相爱和别离，重新回到莫斯科时，造物主/作者又一次安排了故地重逢的情节。日瓦戈命中注定却又毫不知情地住进了这间屋子，并在这里迎来死亡。拉拉故地重游，再次踏进这间屋子时，却不期然发现了放在其中的棺材，里面躺着的正是自己的爱人日瓦戈。拉拉不由得回想起自己当年曾经在这里，和未来的丈夫进行过一番倾心的交谈，但她想象不到，那晚的烛光对于尤拉（日瓦戈）而言并不陌生。

她怎么能想到，躺在桌子上的死者乘雪橇从街上经过时曾看见这个窗口，注意到窗台上的蜡烛？从他在外面看到这烛光的时候起——"桌上点着蜡烛，点着蜡烛"——便决定了他一生的命运。

这里叙述者的全知视角是很明显的：日瓦戈和拉拉的命运充满了巧合与偶然性，很难说他们是现实生活里真实存在的人物。男女主人公会不可思议地几次相遇，不仅如此，在政治命运出现突转之时，安季波夫也会邂逅日瓦戈医生，并与他倾心交谈，诉说自己良心上承受的谴责。这样的巧合实在太刻意，数度脱离现实主义小说的轨道。在学者弗拉索夫看来，《日瓦戈医生》是"客观史诗叙事与主观抒情叙事的结合"；而阅读其主观抒情的部分，让人不由得想起那些带有浪漫色彩的西方作家惯用的惊险—传奇情节的技法，以及中国传统话本小说里的"无巧不成书"。

数不清的有悖于常理的相遇、重逢，可以从小说的开头一直延续到主人公生命的终结。在那个日瓦戈意外离世的电车上，他看到一个老太太时而走在车后头，时而又赶上来，不由得思索起在学校时经常做的数学题：两辆先后出发的火车以不同的速度行驶，何时能够追及。从两辆火车的追及问题，他深入到对人生境况的追问：几个赶路的人有先有后，是什么原因让某些人的运气总是好过其他人，而一些人在寿命上又赶超了别的人呢？沉迷于这种哲理性思索的日瓦戈没有留意到，这个电车外的老太太正是当年在麦柳泽耶夫城里撮合他和拉拉的弗列莉小姐，而更令他想不到的是，很快他就要在车里猝死，而那个老太太最终第十次超越了电车,只是她自己没有料到她超越了日瓦戈医生,也在寿命上远远超过了他。

这种刻意安排的情节,符合故事讲述者的心理动机——帕斯捷尔纳克创作之初所设定的读者并非作为精英的知识分子,而是苏联乃至世界的大众读者。要写一本普通读者可以接受的小说,这是曾经作为未来主义诗人的帕斯捷尔纳克有些幼稚的构想。他渴望通过拆解和聚合,使读者感受到时间与空间在此处的"裂隙",并体验到阅读传奇或童话所带来的快感。就像童话故事中主人公经历的情境上的急剧转变、时空的不一致,帕斯捷尔纳克也不时令自己的人物经历这种奇遇,从而给读者类似于解谜一样的体验:既然革命的语境已经如此动荡,诡谲多变,"奇迹"就自然变成了情理之中的变数。

"现代化"的叙事视角

帕斯捷尔纳克对于如何讲述一个"神奇"的故事有着执着的热情。作家的儿子回忆,在创作《日瓦戈医生》时,帕斯捷尔纳克对童话理论曾经进行过系统的研究,他还仔细阅读过普罗普的《神奇故事的历史根源》一书。这让许多读者在入手《日瓦戈医生》时,会被表面上一些看似传统的叙事线索蒙蔽,以为它是一部19世纪的经典作品的延续,而事实上,帕斯捷尔纳克是一个现代意义上的故事讲述者,这是一部包裹在"俄罗斯童话"或"民间神话故事"外衣之下的现代小说,要理解其中的巧合、隐喻、象征等叙事手段,读者需要花费的精力不亚于理解卡夫卡、乔伊斯、普鲁斯特时投入的努力。

譬如,帕斯捷尔纳克讲故事的视角就非常"现代化"。在孙磊的专著《长篇小说的叙事艺术》中,曾对这部作品的叙事视角进行了考察,认为整篇作品呈现出多重视角的转换、交织和呼应,与传统意义上一以贯之的"主人公视角"或"上帝视角"有非常大的差别。小说中关于拉拉的丈夫斯特列利尼科夫(安季波夫)炮轰妻女所在的城镇这一情节,曾经先后讲述过三次,但却使用了不同的视角。

第一次描写使用了全知视角,揭示斯特列利尼科夫(当时帕斯捷尔纳克还没有向我们披露他就是安季波夫)在轰炸前的内心活动。建功立业的革命情怀最终使他放弃了儿女情长,做出了"大义灭亲"的举动。叙述者假装不知道斯特列利尼科夫的真实身份,对此事并未置评,只是说"革命给了他思想上的武器"。第二次描写是在拉拉与日瓦戈的谈话里。通过拉拉的视角,读者读到了她对丈夫行为的不解和埋怨,"这是某种我不能理解的东西,不是生活……除了原则就是纪律……"对于这种谴责,读者会产生强烈的认同;而在苏俄国内战争接近尾声,安季波夫为了躲避政治清洗而逃离队伍,与日瓦戈不期而遇时,在他的忏悔中,炮轰情节第三次出现,读者对此事的评价又发生转向——找到造成"人祸"的真正的罪魁祸首:残酷的战争和摧残人性、人情的意识形态政治。这样,帕斯捷尔纳克通过三种视角的呼应,就让一个人物的性格特征、生命形态都立体化了。

除了上面的论述,今天的许多学者也都对小说的神话和《圣经》结构、小说的民俗学特征进行了深入分析,认为这是《日瓦戈医生》跨越时代藩篱的表现。但当时的读者并没有对这些实验性的写作手法有太多关注,他们能够读到的更多的还是那些俄罗斯民间故事、欧洲冒险小说构成的"外衣"。他们指责这些充满"奇迹"色彩和重复情节的安排显得陈腐老套,况且,帕斯捷尔纳克讲故事的语气也总有些不友好。学者米哈伊尔·帕弗洛维茨称,帕斯捷尔纳克在小说的写作上受到托尔斯泰影响颇多,他也希望在讲故事的时候,能够具备导师"传道者"的身份,渴望用自己的生活经验,先通过巧合、重复、冒险这些伪装来吸引读者,然后与他探讨对作家来说最重要的主题:关于基督、关于信仰、关于不朽与生活的意义。然而,他生活的时代已经不再是19世纪的晚期,"经过了战争,经过了古拉格、奥斯维辛、广岛、长崎之后,对很多人来说,那种对一个睿智导师的渴望已经变得不合时宜了"。

充满隐喻和夸张的醒世寓言

同时代人中,对于《日瓦戈医生》提出尖锐批评的作家并不在少数。除了与他关系亲密的女诗人阿赫玛托娃与楚科夫斯基，亲苏立场的肖洛霍夫甚至认为，根本没必要在苏联禁止这本书出版。官方有义务让读者普遍了解到，这部书写得究竟有多差。所有指责的一个重要落脚点，正在于对帕斯捷尔纳克叙述能力的质疑。譬如作家纳博科夫在《洛丽塔》俄语译本的序言部分，毫不客气地将《日瓦戈医生》的主人公描述为"一位怀着低俗的神秘主义渴望的、多愁善感的医生，言谈中带着庸俗的循环往复"。显然，纳博科夫也对这部小说里的"奇迹"情节态度鄙夷。

说起上文肖洛霍夫的建议，其实在当时苏联禁止出版《日瓦戈医生》的大环境下，小说第十一章《林中战士》中的一节当时还是在《文学报》上刊印出来；当然，后面还附上了最初帕斯捷尔纳克投稿的杂志《新世界》编辑部的负面评论。刊登它的目的并非显示官方的宽宏大度，而是为了更好地展示这部小说在思想上的毒害性。有趣的是，这个发表出来的段落也涉及了"奇迹"的情节：日瓦戈被迫参加了游击队的战斗，尽管他内心极其不情愿——根据国际协定的要求，医生没有权利携带武器。他同情战壕对面的白军战士，认为他们和自己接受过同样的教育，对他们充满了同情和理解。但他又必须在敌我两立的场合扣动扳机，于是他便将枪口瞄准了枯树发射。即使如此，还是有人在他的扫射下受了伤，有一个年轻的战士被他"打死"。激战结束后，日瓦戈走过去查看倒在枪下的战士，意外地发现自己的那一枪打在了战士胸前的护身符上，从而使他幸免于难……

这样可能性不到万分之一的巧合，偏偏让日瓦戈医生遇到了。他渴望在革命的风口浪尖上做一个中立的人，而这样的中立似乎并不可得。于是叙述者为他找到了"奇迹"，使他免于良心的谴责。也正是凭借着"奇迹"，日瓦戈医生在种种离乱之中得以幸存并回到莫斯科，且保留下自己的诗歌。这个时候主人公神秘的弟弟叶夫格拉夫·日瓦戈少将从天而降，帮助哥哥搜集并保存所有的诗歌，最终这些诗歌被交到日瓦戈朋友们那里，才有了后来被刊印的遗作……对这些"任意巧合的敞露无遗"，帕斯捷尔纳克本人给出的解释是："我希望以此展现存在的自由和近乎不可信的逼真。"

他的这种说法似乎很难令人信服。不过，一个怀揣着人文理想、手无寸铁的知识分子要在大动荡的年代存活下来，并尽可能地保存下那些不合时宜的诗意，不求助于超现实的"奇迹"，想必是不可能的。贝科夫将《日瓦戈医生》定义为一本充满隐喻和夸张的醒世寓言。它因为这些巧合和偶然显得不可信，正如神秘历史转折中的生活一样不可信。换句话说，借助那些"奇迹"，帕斯捷尔纳克希望穿越现实上的种种"不可能"，而呈现处于理想状态下心灵世界的"可能"。

革命之后,一切并非想象中那样简单

安德烈·别雷最先是作为象征主义诗人在20世纪俄国文学界占据一席之地,但真正给他带来世界声望的却是长篇小说《彼得堡》。别雷将1905年俄国革命前最具代表性的社会形象——贵族参政员、平民知识分子、大学生、地下革命者和奸细等——杂糅于革命前数十天的时空环境之中,而真正贯穿全篇的,却是几个主人公纷繁复杂的意识流动。

与以往的小说相比,《彼得堡》不仅叙述方式完全不同,人物形象也完全破碎,时常可以感受到马林内斯库定义"现代性"时的那种说法,"现代艺术家在其弃绝过去(变得彻底'现代')的冲动和建立一种可以为未来认可的新传统的梦想之间受着折磨。"

与乔伊斯和卡夫卡等人一样,别雷在这部小说中将"人的存在状态"问题放在了突出的位置。俄罗斯文学评论家瓦伦金娜·扎曼斯卡娅在考察别雷创作中的存在主义意识时提出,作家敏锐地捕捉到了在19世纪后半期传统文化观念中"人的危机"。这部作品在俄罗斯的接受史上,很长时间以来存在着一个误区:读者认为别雷描述的是俄国革命的一个部分,自然而然认为它是一部历史小说。

如果以"彼得堡"或者是"1905年革命"作为小说的关键词来解读,会发现这种检索多半是徒劳的:文中作为地理标识的彼得堡街道、桥梁和建筑的名字并不能作为这座城市存在的依据,我们既不能凭借这些地名一窥彼得堡在20世纪初的样貌,也无法根据网罗到的零星特征来推测它代表的历史事件。最令别雷感兴趣的,还是处于历史交关时刻的"人",是历史背景、社会思潮和个人观念交叠作用下流淌的"人的本质"。

1913年,别雷在给好友伊万-拉祖姆尼克的信中,针对读者质疑《彼得堡》与历史真相之间的龃龉,作出了这样的解释:

> 革命、习俗、1905年等因素是偶然地、无意识地进入了情节之中。确切地说,不是革命(我并没有涉及它),而是一种"挑衅",并且这种"挑衅"也只是另一种"挑衅"在墙上的投影。前一种"挑衅"是心灵上的,是我们曾经在内心里常年背负而未曾觉察到的,以至于它突然发展成某种心灵的疾病(非临床

的），导致崩溃；整部小说是借助象征性的地点和时间，描写想象意识层面中残缺的下意识生活……而习俗、"彼得堡"，以及伴随着小说背景某处所发生的革命的*挑衅*行为——这些只是所有想象形式假定性的外在服装。甚至可以将小说就称作《大脑游戏》。

这个原文中斜体的词语"挑衅"（провокация）乍看有些别扭。要将它理解为与"革命"具有相似特征，而在本质上又有所区别的行为，或许我们可以尝试用"暴力妄想症"来定义它。作为一种非病理性的精神幻想，它在《彼得堡》的几个主要人物身上表现得十分明显。

暴力妄想症

阿波罗·阿勃利乌霍夫是俄国贵族官员的代表，也是整个国家机器陷入困局最突出的体现。他对于"国家几何学"表现出狂热的爱，"最喜爱笔直的大街"，无法容忍任何外在的无序和混乱状况，他甚至希望"地球的整个表面都被灰暗的房子立方体死死压盖着，就像被许多条蛇盘缠着"，作者开篇中大量渲染他的东方血统和长相，也在强调他"入侵者"的本性；尼古拉·阿勃利乌霍夫头脑中交织着各种不安定成分：母亲与人私奔带来的阴影、与父亲的关系、与革命者的交往带给他的压力、爱情的焦虑等等，他同意亲自实施炸死父亲的革命安排，也乐于在舞会上扮演"红色的丑角"，因为隐去真实身份激发了他潜意识中成为"魔鬼"的愿望；而在成长于贫苦环境中的革命者杜德金身上，展现出更多陀思妥耶夫斯基笔下的"地下人"的特质，他沉浸在被迫害的妄想中，对暴力表现出爱恨交加的矛盾心理。

尽管超现实主义手法与生活发生了偏离，别雷也一再强调"革命"并不是他着力表现的对象，但头脑中的"暴力妄想症"必然同当时的社会氛围有丝丝缕缕的联系；小说人物是虚构的，培养人物头脑里暴力思维的土壤却来源于现实。19 世纪末期，俄国的经济与民生呈现出总体萧条的势头，而社会思想却在这一时期得到空前蓬勃的发展。据统计，诞生于世纪之交的政党有数百个。各政党、思想团体的行动势必会造成整个社会的暗流涌动，而暴力革命的宣传鼓动，也塑造了人民对历史进程的想象，时刻牵动着俄国人的神经。

在《彼得堡》这部作品中，笼罩全城的暴力情绪首先表现在对整个城市潮湿环境的渲染。湿漉漉的房间和耳边淙淙的水声，潮湿的雾气为"北方威尼斯"营造出不安的氛围。作为具有强烈革新愿望的革命政党代表，平民革命者杜德金脱胎于普希金在《青铜骑士》中塑造的"小人物"叶夫盖尼。这是一个飘忽不定的"影子"形象，他经常在黑夜出现，仿佛是一种怨恨情绪酝酿出来的幽灵。

与原诗中洪水泛滥的彼得堡相对应的，是带有象征意味、泛着莹莹绿光的涅瓦河，杜德金在黑夜里穿行于涅瓦河上，从工人和贫民区向彼得堡官僚家中输出恐怖主义。杜德金虽然打着正义的旗号，但他所从事的恐怖行为却引发了他的精神危机，最终发疯。这可以说是被"暴力妄想症"毁灭的典型形象了，与之相似的是，俄国诗人勃洛克的长诗《十二个》中也出现过一个形象——赤卫队员彼得鲁哈开枪打死了自己的恋人。

另一个具有强烈"暴力妄想症"的人物是年轻知识分子尼古拉·阿勃利乌霍夫。对于尼古拉对父亲阿波罗的仇视、对消失的母亲的依恋，读者尽可使用精神分析著名案例"俄狄浦斯情结"来解读，不过需要注意，这里主人公要谋杀的不仅是血缘关系上的父亲，它也是以父亲为代表的、陈旧的国家体制。沙丁鱼罐头盒装的炸弹构成了整部小说的一条隐蔽线索，这枚炸弹也从侧面反映了尼古拉懦弱的一面，在最终引爆它之前，炸弹已经在尼古拉的头脑中爆炸了无数次。别雷刻意凸显了尼古拉分裂性格的两面，一方面，他渴望家庭生活的温情脉脉，对外部的秩序和神奇的爱情也抱有幻想；另一方面，他热衷于突破内心的虚弱，十分渴望像自己扮演的"红色丑角"一样特立独行。

这几乎是社会动荡时代所有年轻人的梦想，譬如讴歌革命与斗争、最终自杀身亡的未来主义诗人马雅可夫斯基。尼古拉虽然没有自杀，但他内心深处的煎熬和精神上的热病，足以令他无数次走上绝境。当炸弹在家中突然爆炸时，尼古拉陷入了完全的慌乱之中，直至晕倒在地，丧失了知觉。别雷为这个人物安排了一个充满悖谬色彩的结局："暴力妄想症"带给他的梦魇正式结束，他旅居国外，从事起考古，成了一个终日阅读古书的白发老人，与那个披着红色斗篷扮演丑角的年轻人判若两人。

有意思的是，另一部意识流小说、爱尔兰作家詹姆斯·乔伊斯的《尤利西斯》同样以一对父子的精神历程作为创作主线。这部被称为"20世纪最伟大小说"的作品写作于1914年，故事发生在1904年，也与《彼得堡》十分接近。

探究乔伊斯和别雷之间的联系，有一个颇有趣的历史片段——乔伊斯在巴黎时十分热爱俄国导演爱森斯坦的电影《战舰波将金号》，而爱森斯坦则将别雷称作自己的老师，并明确表示自己的电影受到了他的影响。不知这是否可以算作历史巧合，《战舰波将金号》也同样以1905年的俄国革命作为题材，展现了沙皇海军舰队上水兵们的罢工。波将金号战舰上的水兵不满战舰上的饮食待遇，提出罢工抗议，结果遭镇压，全体水兵联合起来对抗海军将领，并赢得了当地群众的支持。爱森斯坦十分讲究拍摄技巧，譬如在表现水兵和民众骚动时，多次采用俯拍，乌压压移动的人头造成了强烈的视觉效果，隔着屏幕，观众都感受得到暴力来临前的惴惴不安。电影史上最经典的片段"敖德萨阶梯"用时六分钟，共切换了一百五十多个镜头、军警的枪口、满脸血的母亲、从阶梯上滚下的儿童、恐惧的群像,镜头与镜头迅速更换,对暴力的想象不断冲刷观众心理承受的底线。

在小说《彼得堡》中,那些人群是这样进入尼古拉·阿勃利乌霍夫视线中的:

> 跑着的人们用胳膊肘推他,从商店、院子、理发馆、交叉路口,显露出一个个黑黝黝的身形;一个个黑黝黝的身形又急忙消失在商店、院子、两边的大街上;喧哗、号叫、跺脚:一句话——恐慌;从远处人们的头顶上,好像血在往外涌;发黑的烟子中不断飘出迎风起伏的红色鸡冠状波浪,它们像一道道跳动的火光,像一根根鹿角。

这些支离破碎的人群和象征革命的红色,有别于爱森斯坦在黑白电影拷贝上一格格涂抹的红色旗帜,是尼古拉意识加工后的产品。德勒兹在评价福柯的书中,曾指出:"福柯不再仅是果戈理式的档案学者与契诃夫式的地图绘制学者,而是如别雷在伟大小说《彼得堡》那种方式的拓扑学者:他使大脑皮层皱褶进行域外与域内之转换,使得第二种空间中只是互为正反面的城市与大脑能相互贴合。"

结合别雷本人所谓的"大脑游戏",这种"域外"与"域内"的转换之所以能够实现，很大程度还是来自于20世纪初俄国社会现实的诱因。正是"暴力妄想症"携带的破坏欲刺激了压抑的意识，这种"病症"在文学史催生出《彼得堡》这样的作品，在俄国近代历史上则促成了更为举世震惊的变化。

事实上，作家本人也曾忍受过这种热病的折磨。1918年4月，在"十月革命"的余焰还很强盛之时，别雷曾创作长诗《基督复活》，作为对勃洛克长诗《十二个》的回应。像大多数俄国人那样，他焦灼不安地憧憬着通过一把"手术刀"，换来崭新的时代。在诗歌的结尾他写道："我知道：盛大的氛围 / 像光芒 / 洒落在 / 你我身上，// 每个人的 / 头脑 / 被上百年 / 烧焦的痛苦 / 照亮。"

然而很快他便明白，一切并非想象中那样简单。社会的变动和混乱导致更为严峻的问题，文学艺术家的生活更加艰难。从此，他开始不断往返于俄罗斯和国外，先前的革命热情也仿佛头脑中短暂升温的幻象，最终彻底冷却。

（原文发表于《经济观察报·书评》，
原文名为《〈彼得堡〉与沙皇俄国"暴力妄想症"》）

《自天堂回家》：在回家的路上发现自我

1931年，侨居在巴黎的鲍里斯·波普拉夫斯基二十八岁，在这一年他结识了生命中唯一的恋人娜塔莉娅·斯托利亚洛娃，并为她写了不少诗歌。1934年，娜塔莉娅随父亲回苏联，波普拉夫斯基为她送行，并相约来年见面。也正是这个阶段，忍受着物质生活和感情的双重煎熬，波普拉夫斯基以半自传的形式写下了小说《自天堂回家》。一年后，娜塔莉娅失去音讯，而波普拉夫斯基由于被教唆吸食海洛因中毒身亡。这本小说是他构思的长篇小说三部曲的第二部（另外两部为《阿波罗·别扎布拉佐夫》《捷列扎的启示录》)，也是他生前完成的最后一部小说。

要理解这本小说，三部曲的第一部《阿波罗·别扎布拉佐夫》是必不可少的前情提要：叙述者瓦夏遇见了阳光开朗的主人公别扎布拉佐夫，他被后者的独特个性所倾倒，开始和其他人一起追随阿波罗。阿波罗带领大家展开了一场奇幻的旅行,但最终,所有人开始认清盲目崇拜的可悲之处,从而与阿波罗发生争执,追随者们一个个离开了他。瓦夏回到巴黎,重又回到每日听雨的空虚状态。如果说这部小说的中心情节在于从大地飞离,抵达形而上的天堂,那么《自天堂回家》则恰好相反,主人公奥列格厌倦了书海遨游,也没能在与上帝以及精神导师别扎布拉佐夫的对话中找到自我,他回归生活,经历了与两位女性的恋爱,从精神追求转向对尘世的眷恋。达尼娅和卡佳两位女性,分别从精神和肉体两个层次完成了对他的教育,尽管最终他没有在尘世获得爱情,但却实现了自我的更新,重新思索生活的意义,也认清了自我。

之所以说波普拉夫斯基的这部小说具有很强的自传性,是因为作品中不仅有巴黎蒙帕纳斯生活的具体场景,有整个侨民界的生存状态,还有波普拉夫斯基本人的精神困惑。侨民生活的现实以及接触到的哲学思潮,使得波普拉夫斯基的作品显露出明显的存在主义色彩。在前两部小说中,波普拉夫斯基表现出个人对存在意义的探寻。他创造出一个"当代英雄"的形象,一个孤零零的、与外部世界隔绝的思想家。这个形象生活在个人的小宇宙中,试图独立地确立自己面对上帝的立场,尤其在《自天堂回家》中,主人公奥列格受到克尔凯郭尔、萨特、别尔嘉耶夫等人哲学思想的影响,表现出"寻找上帝"和"对抗上帝"的矛盾状态。

阅读这部充满哲理思辨和奇幻场景的小说，也让我想起自己半途而废的译稿。2017年，笔者遵照汪剑钊老师嘱托，翻译《阿波罗·别扎布拉佐夫》。这部小说语言十分晦涩，充满了各种意象的叠加和隐喻，有些句子完全由十几个定语组成，实验性太强，我考虑到自己的课业任务，只好将翻译了四十多页的书稿暂时搁浅。这本《自天堂回家》在语言风格上继承了前一部作品，超现实主义的风格特别明显，也可以看出法国现代派诗歌对波普拉夫斯基的影响。未能完成译稿实属憾事，但当笔者告别译者的沉重负担，沉醉在思想跳跃的文字中，禁不住被作家将文字、情感和哲理融于一体的天赋所感染："你是已经物化了的世间温暖的镜子。它十分平稳和平静，不急不躁地在你眼前弥漫开来，就像面对世界的蔚蓝面孔。镜子的美德就是你的美德：反映一切，无处不在，放弃自我，在视力之镜中消失，毫不迟疑、镇定自若地迎接人们亮闪闪的目光……不，阿波罗，在你没有爱上上帝身体里的人之前，你不会在人身上找到上帝。"

表面看来，《自天堂回家》是一部探索心灵历程的哲理小说，但许多学者认为，从作家创作背景来说，这部小说释放了侨民作家渴望回归俄罗斯家园的信号，是波普拉夫斯基为解决身份认同困境而树立的一个支撑点。只有走在回家的路上，人才能够重新发现自我。小说中有一个细节，卡佳呼唤奥列格回到俄罗斯去,而这也被学者斯特卢威认为是理解小说题目的一把钥匙:"哦,俄罗斯呀,俄罗斯……自天堂回家……从书本,从词语,从猥琐的、枯瘦的高傲那里回家吧。"

微弱的异端:列宁格勒大围困中的"后先锋主义诗歌"

再刻骨铭心的群体记忆一旦远离了语境,也会失去在场时的锐利感受。尽管在今日俄罗斯的街头书店里仍然可以看到不少有关"二战"时期列宁格勒大围困的回忆录、日记、访谈,但七十多年前的灾难叙事和我们毕竟隔了一段距离,尤其是一些号召性的呼语和其中的道德说教成分,在引起读者共鸣方面打了相当的折扣。我们很难想象1941—1943年的场景,物资短缺、停电停暖的列宁格勒市民在最低气温达到零下三十四摄氏度的冬天,忍受了怎样的煎熬,凭借什么样的意志撑过了八百七十二天。另一个更加值得思考的问题是:在这样绝望的环境里,如何从事创作活动?如果一个人每天仅靠一百五十克面包维持生活,连低头扣紧衣扣的力气都没有,又怎样握起手中的笔来写字?

然而事实上,尽管条件恶劣,围城内的文学艺术事业并没有完全中断。据当时曾生活在列宁格勒的文化学者德·利哈乔夫的回忆，在大围困时期"人们的创作能力反而极大地提升了。人们知道自己会死去，为了保存下来一点东西，他们写日记、回忆录，建筑师们绘制出充满想象力的草图，而画家们则创作风格奇特的画作"。

在所有的文学体裁中，诗歌凭借其相对短小的结构、强烈的感染力，在围困区情绪低落的市民中间流传最广。围困期间最为人熟知的女诗人奥尔加·别尔戈丽茨正是因为对"大围困"的灾难书写而成名。奥·别尔戈丽茨（1910—1975）最初只是一位才华平平的诗人，她的丈夫在"大围困"中因饥饿而死去，身边的悲惨现实激发了她的创作灵感，她从苏联公民、受难的母亲、妻子等视角出发，写作了《二月日记》《列宁格勒长诗》等大量情感真挚热烈的抒情诗。当时别尔戈丽茨在列宁格勒的广播电台工作，对于被围困的居民来说，每天收听广播上朗读别尔戈丽茨的诗歌已经成为缓解心灵阵痛和绝望情绪的必需品，她也因此被称为"列宁格勒大围困的缪斯"，并被政府授予"保卫列宁格勒奖章"、斯大林奖金。

> 爱就这样被履行，
> 因为围困圈，因为这离别的黑暗，
> 朋友们不断对我们说："要活下去！"
> 他们伸出手来。

>   那冻僵的手，在火光之中，
>
>   在血液里，被阳光穿透，
>
>   它们将统一生命的接力
>
>   交付给你们，交付给我。
>
>   我的幸福无法计量。
>
>   作为回应，我平静地说：
>
>   "朋友们，我们接受它了，
>
>   我们会坚持你们的生命接力。
>
>   我们带着这种接力度过了寒冷的冬天。
>
>   在它的痛苦令人压抑的雾霭中，
>
>   我们依靠心灵的全部力量，
>
>   依靠有创造力的勇气所有的光芒活着。"
>
> （选译自奥·别尔戈丽茨《列宁格勒长诗》）

不评价艺术造诣，这样的诗歌在当时引起了巨大的反响，其中传播的友爱、奉献和坚定的信念，鼓舞了数以万计的围困区民众，因此得到了苏联当局和普通读者的双重肯定。其他的一些诗人，如吉娜依达·什绍娃、维拉·英别尔等，也均以其诗歌饱满充沛的人道主义情感取胜。列宁格勒之外茫茫的"苏联大地"，依靠这些诗歌，与封锁圈里受难的同胞一起经受来自战争的考验，以更加爱憎分明的态度区分德国法西斯与苏维埃共同体。同仇敌忾、讴歌民族情感与集体生命力，似乎这就是列宁格勒大围困诗歌的全部了。但俄罗斯旅美诗人帕琳娜·巴尔斯科娃在2016年编著的一本英俄双语诗集《黑暗中写作（*Written in the Dark*）》则全然打破了上述印象的整齐划一，在整个的"大围困"诗歌乐章中，像一个不和谐的音符、一个微弱而果敢的"异端"。

这本薄薄的诗集共收录肯纳季·格尔（1907—1981）、德米特里·马克西莫夫（1904—1987）、谢尔盖·鲁达科夫（1909—1944）、弗拉基米尔·斯特列里科夫（1904—1973）以及帕维尔·扎尔茨曼（1912—1985）五位"大围困"诗人、艺术家的诗歌作品。除马克西莫夫的作品外，其他诗歌有一个共同的特征：在此次被出版之前，仅仅作为只言片语被写下来，从未被出版过，也没有过公开的读者。这五位作者，多多少少都与20世纪20—30年代苏联文学史上独树一帜的先锋流派"真实艺术协会"（ОБЭРИУ）有关系，有些是该协会的成员，有些则是协会主要代表人物的好朋友。由于该先锋流派在20世纪30年代后期走向了衰落，上述几位诗人的作品又被研究者称为"后先锋主义诗歌"。与奥尔加·别尔戈丽茨等人不同，这本诗集也写列宁格勒的满目疮痍，但绝不涉及集体主义精神，也没有正义必胜的信念，它仅仅致力于呈现灾难本身的面貌：

雪中的一滴红色。小男孩

有张绿色的脸，像一只猫。

来往的人走过他，以双脚，以眼睛。

他们没有空。商店的招牌掉落，

仿佛这个世界上真的有白面包。

房屋，可爱而迷人，显露出一切——

门和窗户以及它自身。

然而我梦到了童年。

奶奶和她纤小的手。

鹅。高山。石头之上的小河——

维季姆康河。

被安葬很久的妈妈走进来。

没有了时间。

椅子上坐着一个穿黄色长衫的喇嘛。

他的手指拨动念珠。

而妈妈大笑，爱抚他的脸，

坐到他的膝盖上。

时间依然在拉伸，在拉伸，在延展，

我害怕迟到了，无法从涅瓦河取水。

（肯纳季·格尔《雪中的一滴红色》）

格尔描写到列宁格勒街道上悲惨的一幕：小男孩因饥饿而死。路人并没有像奥尔加·别尔戈丽茨等人的诗歌里那样，表现得悲悯或愤然,他们对于死亡早已司空见惯,"他们没有空",因为死神也在身后追逐着他们。颇具荒诞意味的一个情节是——商店的招牌上出现了符号的残缺:"白面包"(能指)依然存在,但世上真的有可以食用的"白面包"(所指)吗?诗人从家徒四壁的房屋转向童年的琐碎记忆,这种真实与幻觉的交织类似于《伊凡·伊里奇之死》中伊凡临死前对童年的回归,意识流的碎片并不是要将焦点转向过去,而恰恰反映了现实场景中的人因饥饿和寒冷而出现的思维混乱。在诗歌的末尾,格尔没有发出必胜的信号,他只是落脚到一个迫切求生的人最本能的反应:克制这种幻想,不然赶不上涅瓦河的饮用水分配,"我"将与雪中的小男孩承受同样的命运。比较起主流的大围困诗歌作品,这样的描写更真实地反映了受困者的心态,而前者更倾向于教科书般的脸谱化描写,是被明显的意识形态加工后的产物。

当然,也并不能据此便认定主流的大围困诗歌艺术成分都不高,有些诗歌除了井喷的情感和"正能量"的格调以外,也会对抒情对象采取不同的修辞,从而达到较高层次的审美体验。如鲍里斯·利哈列夫的诗歌《白面包》:"我们的身后是痛苦,是饥饿……/啊,我们心中的愤怒熊熊燃烧!/我们的身后有我们高傲的城市,/我们的身后,是它的生命。"维拉·英别尔的长诗《普尔科沃子午线》:"熔化后的蜡烛冰冷无情……/到处是某种状态淡漠的清单与迹象,/这种状态在学术上被医生们／命名为'营养不良',／而那些既不是拉丁语家也不是语文学家的人,／用一个俄语单词称呼它——'饥饿'。"与这些诗歌相比,"后先锋主义"的诗人们感情更加节制,也较少使用文学修辞,读者阅读它们,会找到与前期"真实艺术协会"的作品相类似的感受:意象之间的连贯性较弱,语义重复性比较明显,诗人仿佛在吟唱简单而冗长的歌谣:

> 勺子送到嘴边——死亡,
> 伸了伸胳膊想要打个招呼——死亡,
> 看见一只小黄雀鸟——死亡,
> 在树叶的枝头上——死亡,
> 你和朋友一起去散步——死亡,
> 送别朋友,他们一共两个人——死亡,
> 偶然朝哪儿一瞥——死亡。

(弗拉基米尔·斯特列里科夫《死亡》,1942年7月29日)

重复出现的"死亡"与"真实艺术协会"代表丹尼尔·哈尔姆斯的一首诗歌有相近之处:"……／所有所有所有的姑娘都是'必夫'／所有所有所有的男人都是'罢夫'／整个整个整个的婚姻就是'布夫'。／……"在哈尔姆斯的诗歌中,"必夫""罢夫"和"布夫"多次出现,但它们是作为一个介于"文字游戏"和"统一等价物"之间的符号而存在;与之相比,斯特列里科夫写到的"死亡"却是真真正正的死亡。围困时期的列宁格勒街头,最平淡无奇的场景莫过于这种随处可见的死亡。当"死亡"这一意象被反复强调时,现实的荒诞和恐怖特点都进一步加深了,列宁格勒大围困带给每一个受困者的,并不是他们作为苏联公民而被赋予的"捍卫城市"的使命,而是他们作为一个独立的人所面临的死亡。"真实艺术协会"成员面对的至少是一个逻辑意义相对稳定的世界,而大围困中的"后先锋主义"诗人却要面对秩序和逻辑已经混乱的现实。他们不再需要玩味文字游戏,"将现实反转",周遭发生的一切充满悖谬、匪夷所思,他们只需要如实记载,本身就是对"荒诞"精神的继承。

> 四个小男孩在飞翔,
> 他们的脸色蜡黄。
> 这些男孩渴望,
> 渴望着——停下来。

> 第一个小男孩——战争,
> 伤口在他身上开了洞。
> 第二个手里提着小米袋子,
> 也同样破败不堪。

第三个小男孩——强盗，

他没了一条胳膊，但挂着手杖。

第四个小男孩被杀了，

躺在垃圾场上。

（帕维尔·扎利茨曼《启示录》1943年春，

雨中沿富尔曼诺夫街从市场回来）

《启示录》原本为《圣经·新约》的最后一章，是对未来世界的寓言。而扎利茨曼这里选择了四个小男孩，代表的正是人类的未来。显然这里所谓的"未来"正是发生在列宁格勒大围困期间的现实：战争、饥饿、道德堕落与杀戮。"垃圾场"在若干年前，或许正是"伊甸园"所处的位置，是充满生机与爱的场所，如今却狼藉遍野。据被围困人员的日记以及后来的回忆录记载，由于战时状态的漫长，当时列宁格勒市内的社会秩序十分混乱，普通人的道德水平极度下滑（历史学者谢尔盖·亚洛夫曾撰写专著，研究大围困时期人们对诚实、信用、公平、慈善等信条的认知变化），偷盗、抢劫层出不穷；街头取水的地方堆放着婴儿的死尸，取水的人视若无睹；排队领取食物时总是会发生争吵、斗殴事件；木工胶水、鞋掌、工业用油、皮带都曾充当被围困者的食物；甚至有些回忆录里还提到过人吃人的惊人场景。

别吃我的腿，

留下我的舌头。

上帝知道，我已经习惯了

向上帝祷告。

别吃我的胳膊，

留下我的大腿，

不要把它和科学

一起丢到桶里。

别吃我的眼睛，

恶魔正带着蔑视

打量着我们。

……

（肯纳季·格尔《别吃我的腿……》节译）

如此触目惊心的描写不可能出现在"爱国主义诗人"的笔下。对比吉娜依达·什绍娃的诗歌，社会问题完全被抛到创作之外，整首诗只有类似于宗教救赎的道德训诫，很难令围困区之外的读者有所触动。在我们今天看来，甚至有些匪夷所思。

当你还在读诗时展露笑容，

当脑子里还在回响普希金的字句，

当你帮助了老人，

为妇女让座，

当你向孩子伸出援手

用小心翼翼的碎步领他们走过坚冰，

当你还保持着信念，仿佛保持着火焰，

你就不会死亡，你就不会倒下！

（吉娜依达·什绍娃长诗《大围困》节译，1941—1943）

在"后先锋主义"诗人的作品中很难看到这种"得救"的希望。无论是街上激动人心的宣传，还是宗教信条里的"永生"，任何精神上的慰藉对于他们来说都无法自圆其说。类似于奥尔加·别尔戈丽茨式的自信在他们的诗中找不到一点痕迹。"我们如今过着两种生活：/在封锁圈中、在黑暗中、在饥饿中、在悲伤中/我们依靠着明天的、/自由而慷慨的日子呼吸，/我们已经开始歌颂那一天。"（奥尔加·别尔戈丽茨《二月日记》节译）帕琳娜·巴尔斯科娃认为，"别尔戈丽茨的读者是'不死的'，而格尔的读者本身就是'死亡的'，诗歌是他对世界终结的一种回应，这种终结首先是'语言的终结'。"以格尔为代表的"后先锋主义"诗人普遍遵循着这种"世界终结"的前提进行创作。他们没有将被围困的人描写成具有史诗精神的、"隐忍的英雄"，而是将他们作为普通的、经受各种考验的受难者来表现，在他们眼中，这些人既不会像约伯、拉撒路会等来"神迹"，也不像吉娜依达·什绍娃、维拉·英别尔笔下的"光荣的列宁格勒人"一样,等来最终的胜利。换句话说,他们无意成为拥有精神和道德共同体的"我们",而只愿做最孤零零的"个体自我"。

遗憾的是,在那个时代这种具有明显的个体意识的"异端"诗人发出的声音毕竟虚弱,目前能够读到的也只有寥寥的几十首诗歌和一些日记、回忆录,以脱离集体主义的叙事方式来讲述灾难。"二战"过去了七十多年,当我们再次阅读刊印在当时的报刊杂志上的列宁格勒"大围困"诗歌,发现那些文字除去自身的鼓动宣传特点外,只剩下某些不太充分的历史文献意义。相比之下,《黑暗中写作》选取的诗歌剥离了具体的时空,用实验性质的写作方式,完成了对个体"人"的塑造。从这些诗歌中,我们接触到的不再是"围困中的苏维埃公民"或"围困中的英雄城",而是更为纯粹,也更意义深远的命题——"灾难中的人"。

穿越日常经验的"迷宫"

打开俄罗斯的书评网站,浏览读者对柳德米拉·彼得鲁舍夫斯卡娅作品的评价,使用最多的就是"怪诞""残酷""精神错乱"这样的字眼。的确,在今日俄罗斯文坛各领风骚的女作家群落中,彼得鲁舍夫斯卡娅的文本无疑最具有精神病理学潜质——从语言到人物性格再到故事结构,无不散发出精神科病房浓烈的药水气味。尽管文学评论家对于她的戏剧和小说的创作特点,使用了"异样文学""女性自我剖析体""后现代"等名称来命名,综合彼得鲁舍夫斯卡娅作品的语言、情节冲突、艺术形象,或许这本作品集的名称《迷宫》,更为贴切地呈现了她构筑的文学世界。

底层叙事,极端化中透露出民主性

彼得鲁舍夫斯卡娅之所以被誉为"当代契诃夫",并不是单单因为两个人都擅长写短篇小说、创作剧本，很重要的一点在于两位作家都选取了具有平民身份的主人公，执着于细节描写，以及字里行间表现出彻头彻尾的中性立场。彼得鲁舍夫斯卡娅感兴趣的，是没有任何外部特征的路人、具有生理缺陷的胖女孩、早年丧母的年轻人、与邻居为敌的单身女人……她以坚定不移的公平公正态度，将社会最底层的人物囊括进她的小说，描写他们细如发丝的日常琐屑：一个少女思念在前线战死的未婚夫，每天如何神经质地去他的房子中缅怀（《在小楼里》）；我们一家人搬到新的居住地，耕作、收拾房屋、获取羊奶，进行原始意义上的交换贸易活动（《新鲁滨逊》）。重复这些日常经验时，彼得鲁舍夫斯卡娅不加入任何评论，这一点也与契诃夫十分相似——叙述者的立场并不构成作品本身，文本仿佛自我讲述、补充、发展，后现代主义的意味是极为鲜明的。

日常叙事消弭了情节上的冲突，然而你又绝对不能说彼得鲁舍夫斯卡娅的讲述本身是平庸的；相反，精神病态的主人公一定会做出某些超脱常理的举动，或者落入某种残酷的境遇，令人骇然。在小说《报复》中，一个单身女人因为邻居生了孩子，怀着强烈的嫉妒在周边制造危险，想要杀死这个小女孩；而邻居女人齐娜及时识破了她的阴谋，以另一种隐忍而冷酷的方式报复了她，直至她吞食安眠药自杀。这种极端的方式将人物形象如同橡皮筋一样拼命拉伸，实在挑战了读者的接受极限。事实上，整个彼得鲁舍夫斯卡娅的创作谱系都是灰暗的，少有爱与牺牲的亮色，就连她那些具有完美结局的童话，也不乏流血、蔑视、自卑等令人沮丧的地带，令人从梦幻中猝然惊醒。

有俄罗斯评论家认为，彼得鲁舍夫斯卡娅在取材上，继承了高尔基奠定的"底层写作"传统，这也是新"现实主义流派"创作的典型特征。不过，当年高尔基勾勒底层劳动者群像时，多少受到了尼采思想的影响，赞叹人是多么骄傲的动物，对底层中具有高尚情操的精英分子抱以青睐；而彼得鲁舍夫斯卡娅对人物的社会阶层、思想旨趣并不加以区分，在这一点上，她具有彻底、无所不包的"民主性"。她曾接受采访，称"我的工作地点在广场上、大街上、海滩上面。那些人并没有意识到，他们在向我口授写作的主题，有时是某些句子……而我又是一个诗人，我看得到你们每一个人。你们的痛苦就是我的痛苦"。彼得鲁舍夫斯卡娅之所以如此不拘一格，是因为她真正关注的，并不是人对外在环境的改造，而恰恰是外部环境、人际关系在人物内心的投影，是他们精神内部蚕蛹一般的扭曲变形。

风格怪诞，异化的"存在主义"

无怪乎彼得鲁舍夫斯卡娅被读者称作俄罗斯作家中的"女

巫师",她虽然不会在小说里呼风唤雨,但贯穿全文的紧张和神秘气氛是显而易见的。譬如短篇小说《卫生隔离》,故事从一种类似寓言的结构中展开,字里行间弥漫着荒诞的气息,而潜伏其中的则是一种咒语般的邪恶力量:一个小伙子敲开了一户人家的房门,警告将有一场瘟疫到来,让大家备好足够的食物,并千万提防老鼠的入侵。一开始这家人并不相信他的预言,可是过了没几天大街上出现了军队,各家各户都被隔离了起来。为了维持生活,丈夫不得不去抢掠超市的食物,直到这样的抢掠已经不能满足日常生活需要。一天,外公外婆发现外孙女抱着小猫出现在客厅,而这只猫刚吃过一只老鼠。所有人惊慌失措,对小女孩和猫进行了隔离,尽管如此,所有人还是在无助的挣扎中,先后死于这场瘟疫。最终年轻人在猫叫声中打开门,面对一屋子的污秽和尸骸,而小女孩和猫"全神贯注地看着他"。

这一场名为"卫生隔离"的闹剧并没有所谓的高潮和结尾。彼得鲁舍夫斯卡娅和读者们一同坐在舞台下面,不为这种混乱做任何注解,也没有试图进行任何说教。《迷宫》所收录的小说中,几乎所有的主人公都生活在一种自我隔离的异化状态,他们几乎很少交流,情节的发展也不是为了展现冲突,仿佛自然而然,故事就走到了它的结尾,小说的意义完全被悬置了。彼得鲁舍夫斯卡娅这一系列的怪诞作品,与"存在主义"有十分密切的联系,在《新鲁滨逊》一文中,这种意味尤其明显。我们一家人选择了离开城市，在新的地方生活。我们建造房屋、寻觅食物、收养弃婴，虽然与人群隔离了，但是显然，我们的生活与之前相比，似乎并没有多少差别，只是更多地靠自己的双手，收获到更多关于积累、生产和创造的经验。小说的最后，"我"考虑到了我们的将来——生老病死。"可是在此之前我们还能活很长时间。而且，我们也没有睡大觉。我们跟父亲正在建设新的避难所。"读到这里，西西弗的形象在另一种语境里又一次跃然纸上。

结构穿越，时空关系紊乱的"越界"

就时空关系结构而言，彼得鲁舍夫斯卡娅无疑为日常经验提供了新的审视角度，启发读者对记忆与现实的分界、跨越生死的可能性等问题进行重新考量。《迷宫》这部作品集目录页列出的一些题目就充分暴露了彼得鲁舍夫斯卡娅在这方面的癖好：《离魂》《幻影》《闹鬼》《新的灵魂》《歌剧幽灵》《两界》……生者在一种不知情的条件下，意外地进入了死者的场域，与过去或将来的某一段时光邂逅之后又返回现实。传统小说严格遵循的时间和空间规则被彻底颠覆了，彼得鲁舍夫斯卡娅通过这种方式给予生命以狂喜，又不断强调实现这种可能性的艰难。

例如短篇小说《迷宫》讲述了一个与父母相处困难的姑

娘，意外得到去世的姨妈留下来的一套房子。这套房子坐落在一个名为"迷宫"的村子里。一天晚上，一个陌生的年轻人来敲房门，说自己来寻找一个叫奥丽佳的姑娘，结果迷了路。姑娘和他一起在村子里转来转去，四处打听这个叫奥丽佳的女人，无果而终。在她返回家里时，房间里的一本诗集让她恍然顿悟面前的年轻人正是诗人亚历山大·勃洛克，而他口中称呼的奥丽佳，正是姨妈的名字，只不过她已经过世，姑娘穿越时空，见证了一段凄美的爱情；小说《妻子》则更多的是在酝酿一种绝望的情绪：一个男人死了妻子，某天在路上捡到一只猫。这只猫来到家里，受到男人和他母亲以及女儿不同方式的对待，最终被寄养在楼上。一天晚上男人回到家门口，猫充满深情地向他告别。第二天他寻遍全城，再也没有见到这只猫。他终于明白，那猫便是他妻子的化身，如今再也回不来了……这种时空交错的奇幻感受相当程度上剥离了彼得鲁舍夫斯卡娅文字本身坚硬晦涩的外壳，而中国读者又总能从故事中寻觅到某些似曾相识的感觉，那是古典小说《聊斋志异》在读书人中间营造的对于异世界的持续幻想。

彼得鲁舍夫斯卡娅对于日常细节的把握，使她的小说具有了生活本身致密和烦琐的特点。那些事无巨细的铺陈和残酷的故事走向，以及文本意义的悬置，令读者时而困顿，时而惊喜。而生活本身正是具有这种蛊惑人心的本领。这是一种神奇的阅读体验,当作家最终带领我们回环曲折地走出经验世界的"迷宫"时,我们才突然发觉已经与故事中的人物交换了生命,而自己却浑然不知。

这样隐忍，这样悲伤

——读《同时代人回忆契诃夫》

俄国肖像画家瓦·谢洛夫曾经为契诃夫作过肖像画。这位著名的人物肖像画家是巡回展览画派重要代表、列宾最有才气的学生，但他对于自己笔下的契诃夫素描十分不满意，并由衷地感叹契诃夫的面相"难以捉摸"。

其实，抱有这种看法的人并不止他一个，库普林也指出过，"没有一张照片能够捕捉到契诃夫的面孔，遗憾的是，任何一个给他画过肖像的画家也都没有理解、洞察过他。"

下垂的嘴角：童年里的哀怨

翻开这本厚厚的《同时代人回忆契诃夫》，几乎每篇回忆文章前面都附了一张契诃夫的肖像，从少年时代直到他去世前夕。契诃夫生前没有留下任何自传，客观地讲，这些肖像相比回忆录的文字,更加客观、直接地代表了作家本人。

单就成年后的契诃夫来看,岁月在他脸上的磨砺是异常深刻的,他所有的亲友也都惊异地指出了这一点:契诃夫在短短几年的时间里从英俊腼腆、热情昂扬变得瘦骨嶙峋、郁郁寡欢,这自然很大部分归咎于病痛的侵扰,同时与他内心里的煎熬、生活中的遭遇也不无关系。

在他十五岁的那张照片上——当时这些磨砺还没有来得及显现——他一脸稚嫩,嘴角却向内边无力地下垂。契诃夫的哥哥回忆了弟弟童年时整日替父亲看管铺子的经历:原本要写作业的小孩子,迫于父亲的压力,不得不冒着严寒坐在柜台旁边,和杂货铺单调的价码打交道。为了塑造自己虔诚的形象,父亲命令自己的三个儿子在教堂里表演三重唱,而这种抛头露面的场合是小契诃夫深深恐惧的。

童年经历给契诃夫带来了深刻的影响,他小说中出现的儿童都曾陷入不自由的痛苦之中:做学徒的万卡不堪忍受老板、老板娘的虐待,在圣诞节前夜给爷爷写信,求他带自己离开这里;给人当保姆的瓦尔卡总是睡眠不足,为了能睡个好觉,她掐死了摇篮中的婴儿……成年后的契诃夫多次向人抱怨:"我的童年里没有童年。"读完这段回忆录再去看他少年时的照片,他的嘴角垂得更低,一双眼睛盛满了哀怨。

谦卑的羞涩：总是一副腼腆的样子

不过，这种哀怨很快就被一种招人喜爱的羞涩所取代。或许是童年时养成的习惯，契诃夫在陌生人面前总是一副腼腆的样子。当他凭借自己艰辛的写作终于赢得了一些名气之后，对于前来拜访的读者，他表现出极其谦逊的姿态，尽管很多时候这些人打扰了他的写作计划，而他们夸夸其谈的内容也丝毫引不起作家的兴趣。

契诃夫是善良的，他的善良不容许他对于热心的青年作家做出严厉的批评，他宁愿做一个没有原则的老好人，帮人修改文稿，替年轻人推荐稿件。他认真地阅读年轻作家们的稿子，在给了必要的鼓励之后，总是会提出诚恳的意见。蒲宁后来形成的诗意盎然的文风，与契诃夫的建议有很大的关系。这位后来的诺贝尔文学奖获得者对契诃夫充满了感激："他对我总是非常温和、谦逊，像一个长辈那样无微不至地关怀……同时他又从来不让人觉得自己高高在上。"

在这一点上，托尔斯泰应当向他学习太多——当他向契诃夫谈起高尔基的才华时一脸惊惧，难以掩饰自己深深的嫉妒和恶毒的诅咒。提携晚辈，让他们更加出色，甚至超越自己，难道不是一种自我？

不只对于写作，契诃夫对自己的病人也时刻保持谦卑。很多人会想不起来，契诃夫首先是一位医生。在雅尔塔疗养期间，他义务为当地人治病，有时候遇到生活困难的病人，他还要从自己不多的稿费里支出一部分接济（契诃夫的经济状况是一个令人沮丧的话题，他每天都在写作，发表的短篇小说自己也记不清，却始终没过上殷实生活）。

他曾经组织上流人士捐资，为小县城建立医院。正因为他理解病人的痛苦，深谙他们在正常人面前为了寻求安慰而发出呻吟的动机，当他深陷结核病的困扰时，他尽自己的全力压抑了内心的诉求：他丝毫不愿意让家人和朋友为这件事担忧，即使在他十分痛苦的时候，他还试图用自己的幽默逗在场的作家朋友发笑。

一双奇特的眼睛：闪烁着热情，夹杂着嘲讽

契诃夫的隐忍是惊人的，同时，他的封闭也是惊人的：他独立到了那样决绝的地步，不愿利用自己的软弱获得哪怕一点点的同情。我们观看他在90年代的一张照片，他果敢地盯着镜头，仿佛要从椅子上跳起来："我哪里是无病呻吟者？我哪里是'阴郁的人'？正像批评家称我的那样，我是怎么样'冷酷'的呢？我哪里是悲观主义者？"

契诃夫的作家朋友们多次提到，他有一双奇特的眼睛，眼神里闪烁着某种说不清楚的东西，既像是热情，又夹杂着嘲讽。契诃夫对于周围人虽然极尽宽容，但这绝不是一种盲目

的、无条件的热爱，只需看一看有多少次身边人因为在契诃夫小说里看到自己的影子而大动肝火，你就能够明白：契诃夫创造的那些具有某些缺陷的主人公，都不是凭空而来的。他接待不同身份地位的访客，从他们的表达方式和谈话内容就已经猜到了对方的意图，认准了他们的格调，但他每次都隐而不发，用一种曲折的方式与之回应。高尔基的回忆中，对这一点认识最为深刻。他写道，有一次，一位体态丰满、健康漂亮、服饰华丽的太太来看他，一坐下来就开始"契诃夫式"地谈了起来：

"生活真无聊啊，安东·巴甫洛维奇！一切都是灰色的：人呀，天呀，海呀，连花朵在我看来也是灰色的。没有愿望……内心充满了忧伤……好像是得了什么病……"

契诃夫立刻用调侃的方式讽刺了这位太太："这的确是一种病！这是一种病态。拉丁文叫做 morbus pritvorialis。"该词其实是契诃夫的一种戏拟，意思是"装病""假病"。高尔基赞叹契诃夫"有一种到处发现庸俗、使庸俗显露原形的妙法，这种妙法只有对人生提出高度要求的人才能掌握，只有那种想看到人们变得单纯、美好、和谐的强烈愿望才会产生"。对庸俗的批判是契诃夫毕生从事的事业，他的确是一位严厉而谨慎的大夫，眯起眼睛，冷笑着注视普通人身上的痼疾，时刻准备提着手术刀迎上去。

顺便提一下，对于这种"批判意识"的方向和作用，不同时代的批评家所持的观点大相径庭。本书中文版翻译自国家文学出版社1960年版本，由苏联国家文学出版社社长阿·科托夫撰写前言。

阅读科托夫撰写的文章，会读到许多"资产阶级意识""资本主义批评家"之类的词语，浓烈的意识形态色彩扑面而来。旧版重在为契诃夫的革命意识、服务意识拨乱反正，而1986年版本的前言则着重从艺术特色的层面分析契诃夫作品的文学价值，展现他个人以及创作中呈现的"批判性"。确切地说，这种"批判性"已经成为契诃夫文风的一个内在特点，它不再与国家前途命运挂钩，而仅仅指向"人性"本身。

临死前的作家：当暮气降临

画家尼古拉·帕诺夫1903年在克里米亚时，曾受邀为契诃夫画肖像。画家以敏锐的眼光打量着面前形容枯槁、脸色晦暗的作家，绝望地预料到："它（死亡）出现了。死亡霸道地守护着自己选中的人，一分一秒，慢慢地使他离开自己的对手——生命……"

当我们翻开本书最后一张、拍摄于1904年的照片，一种悲伤的感受攫住了我们：这个身穿长大衣、拄着拐杖的男人，和身边的两只小狗相比，浑身上下散发着暮气沉沉的味道。而他才只有四十四岁！他曾意气风发地为他人奔走，曾自信地向朋友宣称，只要是映入眼帘的任何东西，哪怕是一个烟灰缸，他也能写成一篇小说。如今他低垂着头，打量着地面，这让人想起了他写给莉季娅·阿维洛娃的最后一封信："……也可能，在实际上，生活要简单得多。再说，是否值得对我们所不了解的生活殚精竭虑、苦苦思索，以致使我们俄罗斯的有智之士未老先衰呢，——这还是个问题。"

而谁又能真正做到豁达地对待简单的生活呢？我们翻遍契诃夫所有的肖像画，找不到一点可以信服的证据。

（原文发表于《新京报·书评周刊》2016 年 8 月 27 日）

丹尼尔·哈尔姆斯笔下的"暴力世界"

俄罗斯作家丹尼尔·哈尔姆斯的作品自从20世纪80年代被翻译成各国语言陆续出版以来，被读者和批评家贴上的标签中最多的就是"荒诞"。哈尔姆斯故弄玄虚的姿态和颠三倒四的文字游戏，让他的读者们投入了一场旷日持久的解谜游戏。或许正因为那些脱离了日常思维模式的场景，使得人们更愿意相信他的作品属于任何时代，而单单忘记了作家本人生活的那个特殊年代：哈尔姆斯正式的创作年份大约开始于1926年前后，直到1941年"二战"爆发，这期间整个苏联最举世瞩目的人与事，莫过于斯大林和他1934年发动的、一直持续到"二战"前的"大清洗"运动。

这场"大清洗"旨在揪出人民中的"敌人"，受到运动迫害的人来自苏联各个阶层，没有来由的暗杀、逮捕行动造成苏联民众内心持续的震荡，权力机器之于人民，就像哈尔姆斯小说中悬在头顶的石头，谁也不知道哪天出门会被不幸砸中。哈尔姆斯的妻子马琳娜·杜尔诺娃回忆，哈尔姆斯本人也曾被内务人民委员会工作人员传唤，"他极度害怕。他想，自己会被逮捕、收监。但很快他回来了，说人家只是问他，他是怎样在儿童剧场表演魔术的。他说自己因为害怕不能够展示，两手不停地发抖"。

这种个人经验自然反映在他创造的人物身上。一些手无寸铁的普通人终日处在战战兢兢的状态中，被一种不可知的力量攫取，他们神情恍惚，无法正常生活。在小说《梦》中，卡鲁金睡觉时，一连做了好几个梦，在这些梦中，一个警察时而从他身边的灌木丛旁走过，时而坐在灌木上。多次入睡未果，卡鲁金在床上大喊大叫，翻来覆去，但他已经不能醒过来了。最后，他由于"一无是处"，"被人对折两半，像垃圾一样扔了出去"。这样无辜遭到迫害的人随处可见，譬如那个追帽子的长胡子老头被"警察和一位穿灰色套装的公民"抓住，不知送到了什么地方（《帽子》）；教授的妻子因为在房间哭自己的丈夫而被人们送到精神病医院（《教授妻子的命运》）；而哈尔姆斯写于1937年的一首诗歌《有一个人离开了家》，更像是一首沉痛的政治哀歌：那个具有坚强意志力的流浪者，长途跋涉、忍饥挨饿，却最终在走进森林后消失得无影无踪，在我们的语境里，"文革"时期那些在半路被叫去"问话"的知识分子大概也是如此，他们的失踪对于家人来说，成了"不能问的秘密"。

这也就不难理解，为什么小说中人物的行为总是显得怪异、荒诞、不合情理。俄罗斯学者格利勃·舒里比亚科夫认为，在哈尔姆斯情节万花筒的背后隐含着一种"铁的逻辑"，那就是"有关恐怖的逻辑"，"恐怖是那个时代背后一切情节的推动力"。彼得·列昂尼多维奇能够容忍自己的妻子与其他人通奸，仅仅因为妻子手里握着一个公章（《意外的酒宴》）；被砖头砸中脑壳的先生镇定自若，告诉围观的人们："不要紧张，先生们，我已经注射过疫苗。你们看没看到我右眼里突出的石块？这也是某天的遭遇。我已经习惯了。现在我已经无所谓了！"（《砖头》）；"权力呈毛细血管分布"（福柯语）在哈尔姆斯作品中，甚至体现到房屋管理员身上，因为唯有他才可以在小女孩的额头上盖上戳，证明她是否死亡。（《父亲和女儿》）这种"恐怖"的逻辑对苏联公民施加的影响是不动声色的，尽管今日的读者读到这些情节会觉得匪夷所思，然而小说中的其他人，那些观望的"人群"却默认这一切是合情合理的，在那样"铁腕统治"的时代背景里，接受一切强权和暴力是再正常不过的事情。

对权力机器的畏惧使人民谨言慎行，而频繁出现的暴力事件又让他们对别人的得失表现出异常冷漠的态度，仿佛他们对死亡已经司空见惯。哈尔姆斯不仅描写"突然而至的死亡"，还着力表现人们对"死"的围观，他们把这当做一种茶余饭后的娱乐节目,当做无聊生活的慰藉。一个老太婆从楼上坠落下来,摔伤了;第二个老太婆为了看她,也掉了下来;第三个老太婆又好奇地探出头去……(《坠落的老太婆们》)有两个人从五层大楼上摔了下来,依达·马尔科夫娜从窗户上看到了他们坠落,从身上扯下衬衫擦拭玻璃,以便于让自己看得更清楚,而另一个依达·马尔科夫娜取来钳子拔掉了窗户上的钉子,朝下张望。"街上已经聚集了不多的几个人。警笛声响起,一个矮个子警察不慌不忙地来到计算好的地点。"(《坠落》)还有一篇《我们这条河的岸边聚集了很多人……》,文字十分简洁凝练,没有任何外貌和神态描写,却让我们对当时的场景感同身受,触目惊心:

> 我们这条河的岸边聚集了很多人。团长谢普诺夫在河里溺水了。他呛了水,肚皮不时浮出水面,叫了一声,又沉入了水里。他的胳膊胡乱拍打着,又叫了起来,希望有人救他。
>
> 一群人站在岸上,忧郁地看着。
>
> "这人溺水了。"库兹马说。
>
> "显然是溺水了。"戴着便帽的另一个人确认道。
>
> 确实,团长溺水了。
>
> 人群渐渐散开了。

这种面无表情的群像正是那个时代普通民众的写照。他们早已经见惯了这样的死亡，没有人思考"为什么会发生这样的事情"，"死亡机制"早已使他们的情感固化。教科书和政治宣传把他们锻造为国家的"钢铁战士"，他们作为苏联集体主义思想教育的"产品"极具爱国主义和集体荣誉感，但作为单个的人，他们对身边的同类产生不了悲悯情怀，甚至他们对于自己也是麻木的，不允许自己夹杂过分的"私心"。就像教授的妻子，当她被人无端送入精神病院之后，她顺从了这样的命运，并终于**被改造成精神病人**，"手里握了个渔竿，在地上钓看不见的鱼"。

内心的恐怖压抑太久，只会以更加暴力的形式呈现出来。哈尔姆斯对于"斗殴"这件事表现出浓厚的兴趣，他喜欢描写人与人暴力冲突的场面。除了《"喝醋吧，先生们。"舒耶夫说……》《格里高利耶夫（打了谢苗诺夫一个耳光）》《马什金打了科什金》《猎人们》等几篇"一个愿打、一个愿挨"的被动接受的暴力模式，也有些篇目着力表现斗殴双方互相攻击、不分胜负的局面："辛卡打了费济卡一个耳光，然后藏到了五斗橱下。费济卡抄起一个火钩子，把辛卡从五斗橱底下捅了出来，拧掉了他的右耳朵。辛卡从费济卡手里脱了身，手里攥着拧掉的耳朵，朝邻居家跑去……"(《卑鄙的人》) 哈尔姆斯很少写到斗殴的原因，他也不会花费笔墨写他们的神态、打斗时使用的语言，我们能看到的就是"战况"和双方的"战果"。

失去五官和话语言说能力的两个人摩肩擦踵,选择对方的身体作为发泄的靶子,这既是个人表达情绪的路径,也是对国家管理策略的模仿,"复仇"或者"伸张正义"的必要性已经不复存在,"暴动"本身带有明显的机械性质。例如这一篇《私刑》:

> 比特洛夫坐在马上,向人群发表讲话说,在这块如今是大众花园的地方,将会建一栋美国的摩天大楼。人们听他讲着,看得出,他们对此很赞同。比特洛夫在自己的笔记本上写了点东西。这时人群里有一个中等个头的人跳出来问比特洛夫,他在自己的笔记本上写了什么。比特洛夫回答,这只和他自己有关。中等个头的人不依不饶。你一句我一句,两个人就吵了起来。人群都同意中等个头人的观点,比特洛夫为了保命,催马飞奔,在转弯处不见了。人们十分激动,由于缺乏其他的牺牲品,他们抓住了中等个头的人,把他的头拔掉了。拔掉的头颅在马路上滚动着,卡在了下水道的盖子里。人群发泄了自己的激情,散开了。

在这里,暴动群众的行动能力远远超过了他们逻辑判断的能力。一开始他们被比特洛夫的言论吸引,后来持相反态度的中等个头却又左右了他们。但无论如何,这些"观点"并没有与他们的生活发生任何实质性关联,他们只是被一种慷慨激昂的情绪所左右,渴望借用一种"暴力"表达自己的激情。乌合之众的群体性行动总是带着些许悲观的调子,因为他们常常处于理性的外围,仅仅受制于一种狂热。正如斯大林发表重大讲话时,台下发出雷鸣般的欢呼声,苏联公民们不知道自己欢呼的到底是什么;当长年累月受到恐怖压制的人们将这些情绪以暴力的形式发泄出来时,他们也不知道应该反对谁,暴动的最终目的是什么。

(原文刊发于《新京报·书评周刊》2017年2月18日,题目为《丹尼尔·哈尔姆斯:当荒诞成为日常生活》,有改动。)

《日薄西山》里的"犹太人"

俄国作家伊萨克·巴别尔短暂一生的创作形成了若干个特征鲜明的主题。无论是"敖德萨系列""彼得堡系列"还是"骑兵军系列",对犹太人的民族性格、生存状态和命运遭际的书写一直是他创作的重点。马拉特·格林别尔格认为,"犹太主题在巴别尔的创作中是一个终结性的主题,是那个在镰刀和锤子标志下即将溺毙、奄奄一息的犹太世界的附属品。"当然,这与巴别尔出生和成长的环境是分不开的。19世纪末,俄国已成为全世界犹太人最大的聚居地,而巴别尔的出生地敖德萨更是犹太人定居的中心,他的母亲即为犹太人。巴别尔的剧本《日薄西山》呈现的也是一个犹太家庭的矛盾冲突,推动情节发展的除了"父与子"传统冲突模式的主导力量外,还有犹太道德教义与时代的冲突、犹太文化与俄罗斯文化的冲突等等因素。

在巴别尔看来，犹太人之于敖德萨的意义是十分重要的。他认为"笼罩于敖德萨的轻松和光明的氛围，很大程度上是靠了他们的努力才得以构成的"。同时，巴别尔也坦陈敖德萨是"人欲横流的城市"，那里"有非常穷困的、人数众多的、受苦难的犹太侨民区，有踌躇满志的资产阶级和黑色杜马"。收录于《巴别尔全集》中的《日薄西山》揭露的正是犹太聚居区"人欲横流"的那一面：六十二岁的马车运输公司老板门德尔·克里克利欲熏心，教唆自己的两个儿子成为盗贼，因为吝惜彩礼而多次拒绝向女儿求婚的人。但他自己被承包商福明与女商贩波塔波芙娜诱骗，爱上波塔波芙娜二十岁的女儿玛露西娅，打算卖掉产业与情妇私奔。得知父亲想法的别尼亚和廖夫卡用暴力遏止了他的企图，最终他们作为年轻一代重新经营运输公司，建立了新的秩序。

"日薄西山（закат）"首先隐喻的自然是以门德尔·克里克为代表的老一代犹太商人的没落。门德尔渴望永远占据权力的巅峰，正如拉比木·兹哈利亚一针见血的评价，"他一辈子都想享受太阳的恩泽，一辈子都想处于如日中天的位置。"他习惯了受人簇拥的待遇，得意于别人对他俯首听命，对妻子涅哈玛的忠言相告不闻不问，"将年轻的玛露西娅据为己有"也是他权力欲望的表现之一。但是他同时意识到，他手中的权力和威望正如西沉的太阳一样日渐式微。大儿子别尼亚闯进了他的卧室，威吓他不要欺负母亲，父子俩目光相对时，他已经心有余悸；第三幕中，当他从乌德索夫那里得知，人可以越过大海，还能飞过高山，他双手紧抱着脑袋，充满恐惧地重复着"边界没有了，边界没有了"。那些权力划分不再明晰的疆域所代表的未知世界，是他深深恐惧的。从某种意义上说，"儿子们"正是那种未知力量的代表。卖掉产业、与玛露西娅私奔可以算做他最后一次的挣扎，而接踵而至的失败几乎是必然的。第七幕结尾，波塔波芙娜哭喊着"雄鹰被杀死了！"，至此，权力的更迭已经完成，别尼亚和廖夫卡代表的新势力已经占据了犹太世界的核心。

而这种父子之间权力斗争的外在铺陈之下，还隐含着犹太世界在整个社会背景之下的江河日下。列文评述，"在《日薄西山》中悲剧与平淡的日常性相互粘连，《圣经》的情节堕落为克里克家庭的生活冲突，而他们的家庭纷争成为永恒的悲剧"。以门德尔为代表的精明商人擅长投机钻营，谋取利益，他为了积累财富无所不用其极的做法与犹太教义完全相背，涅哈玛告诉他，拉比宣称不让他进教堂。而教堂和教义本身也早已失去了神圣庄严的属性，作品第五幕是对这种旧传统名存实亡的最好写照。在莫尔达万卡马车运输协会的教堂里，唱诗班班长庄严地唱诗，而做祈祷的犹太信众心不在焉，互相交换干草和燕麦的价格，谢尼亚和别尼亚也将教堂作为碰面的地点，商议偷盗事宜。貌合神离的祷告以尖锐的枪声而告终：唱诗班班长无法忍受库房的老鼠，开枪将它打死，这似乎是在向提倡仁爱的犹太教义发出挑衅。随后，阿里耶-莱伊勃揭发唱诗班班长为了十个卢布，即将去别处担任教职。教堂里荒诞的气氛，让人不由想起《包法利夫人》中农业展览会上的众声喧哗。这种对犹太人信仰丧失讽刺意味的描写在第六幕中也有涉及：阿里耶-莱伊勃试图向小男孩讲解"雅歌"的深刻含义，他在强调"寻找"和"连接"的重要意义，而作为这种讲解的背景，却是兄弟与父亲之间反目成仇的争夺。另一个例子是，门德尔因为迷恋少女打算卖掉家产，遭到儿子的暴打，阿里耶-莱伊勃在为门德尔擦伤时，讲到大卫王永远不知满足，将派往前线的乌利亚将军的妻子据为己有，以《圣经》传说影射年迈的门德尔，其中的讽刺和训诫意味不言而喻。巴别尔善于将一些细碎的、看似无意义的场景并置，从这些成分的组合中寻求最大意义的戏剧效果。正因为他的戏剧作品注重场景说明，模仿蒙太奇等电影手法，俄国著名导演爱森斯坦看完该剧后盛赞它"就戏剧技巧而言或许是十月革命后的最佳剧作"。

当然，巴别尔没有局限于从犹太人群落内部去表现他们精神颓废的现实，他也很注重挖掘剧中人物生活的背景和各种思想、文化的渗透作用。剧本开篇即指明"故事发生在1913年"，当时俄国还没有发生那场政权更迭的革命，但各地排除犹太人的运动已经陆续展开——剧本最后一幕别尼亚也曾经提到过"犹太人一辈子赤条条来去，像萨哈林岛上的流放移民一样遭人嫌弃……"。剧本开场出现的求婚者博雅尔斯基是俄罗斯新兴资产阶级的代表，他不厌其烦地向周围的人炫耀自己花钱的本领，这与门德尔的一毛不拔恰恰形成鲜明的对比。门德尔曾经和妻子涅哈玛争执俄罗斯文化和犹太文化的优劣，涅哈玛质问丈夫"俄罗斯人给了你什么"，并随之控诉"俄罗斯人给了你伏特加、满嘴的骂娘话和一张见人就咬的狗嘴……"两种民族文化难以融合的现象还体现在很多细节上，譬如酒馆老板利亚布佐夫曾经评价门德尔"你比俄罗斯的上帝聪明，但没有犹太人的上帝聪明"。其中的臧否意味不言而喻。承包商福明和波塔波芙娜联合其他人，密谋引诱门德尔卖掉产业，结果门德尔不满价格而离开。波塔波芙娜忍不住咒骂："犹太人像虱子一样无处不在。"福明则回答说："对聪明人来说，犹太人不是障碍。"两个人谈话的内容传达出对犹太人的刻板印象：狡猾、好事、精于算计。第六幕里，门德尔与两个儿子打了起来，门德尔的朋友彼亚季卢布在一旁袖手旁观，还扬言："谁要拉架我就杀了谁！滚开，不要拉架！""彼亚季卢布"显然是一个俄罗斯的名字。

　　巴别尔认为传统俄罗斯文学给人的印象是阴郁、悲观的，他曾痛心疾首地反问："仔细想想就会发现，俄罗斯文学中何时出现过对太阳真正欢乐的、明亮的描写？"他力图在创作中发掘俄罗斯光明、乐观的一面，《日薄西山》这部戏剧以喜剧性的语言书写悲剧主题，正是这种写作观念的体现。通过《日薄西山》这部剧作，巴别尔勾勒了以门德尔、别尼亚等为代表的犹太人的生存状况，展现敖德萨犹太聚居地在十月革命之前的整体精神风貌，也表现出对犹太精神丧失和俄罗斯文化渗透的关注。

然而，需要指出的是，我们上文的探讨并不能算是这部剧作最重要的主题。克里克家庭的冲突最终被解决，但最后一幕并没有出现真正意义上的"大团圆"结局。作为全剧精神导师象征的拉比本·兹哈利亚在最后总结说："上帝在每个地方都设有警察，就像门德尔自己的家里有儿子。警察一来，一切都变得秩序井然。白天是白天，晚上是晚上。"无论是涅哈玛孜孜以求的"周五晚上一家人带孙子玩耍"，还是别尼亚所说的"让星期六成为星期六"，所有人都在表达"秩序"的重要性。这部剧所有的冲突都归结到秩序的打破和建立上面，而对于"井然有序"的渴望，也正是犹太教义的重要议题。

（本文首发于 2017 年 3 月 29 日《中华读书报》）

镜子里有什么？

——简评《南十字星共和国》

不久前出版的俄国象征派小说选《南十字星共和国》是一本"意外之书"。对于习惯了俄罗斯现实主义文学传统的中国读者来说，书中的篇目仿佛来自另一个国度：这些 19 世纪末至 20 世纪初创作的小说作品洋溢着诡谲、神秘的色彩，从文脉上来看，他们更接近于"果戈理传统"，在情节内容上的开掘与《狄康卡近乡夜话》相似，都以非现实主义为根基建构作品中的"世界"。这种忽略具体历史背景、专注个人深层意识与现实世界"象征"关系的写作方式，使得俄国象征派的小说写作又被称为"新神话创作"。

《南十字星共和国》共收录十九篇小说作品，作者分别为白银时代"象征派"文学的代表诗人费多尔·索洛古勃（1863—1927）、瓦列里·勃留索夫（1873—1924）以及安德烈·别雷（1880—1934）。正如本书译者之一的周启超先生所言，象征主义诗人作为小说家、散文家的身份长久以来被埋没，没有引起应有的关注，迄今这还是"一片陌生的森林"。在这片"森林"漫步，将能使读者抛开理性与逻辑意义的负荷，尝试着用一种超然的眼光观察世界的"表象"，调动难以描述的意识作用，并将认知提高到形而上的层面。象征主义作品经常在故事中使用"镜子"作为道具，"镜子"这一日用品原本用来检验现实，与亚里士多德的"模仿论"和自然主义文学的理论依据有密不可分的关系，如果说现实主义文学从"镜子"里看到的是客观世界的"复现"，象征主义小说家和他们的主人公们在"镜子"里看到的是什么呢？

阴影 / 镜像 / 梦境：来自魔鬼的死亡邀请

仅从文字效果来看，在这本小说集的三位作者中，索洛古勃最为"腹黑"。他十分善于将魔幻与现实进行交织，在看似真实的日常生活中捕捉到非理性的成分，借以突出"魔鬼"及其化身无所不能的力量。在《阳光与阴影》中，聪明好学的少年瓦洛佳偶然在家里发现了一个变手影的小册子。他在好奇心的驱使下，每天晚上在灯下琢磨这种有趣又神奇的游戏，以至于荒废了学业。母亲发现后，对他百般劝说，但影子的诱惑力实在太强大，母子两人后来都沉迷其中，陷入阴影、黑夜及其背后的隐秘世界无法自拔。《死神的芯子》同样是一个以"诱惑"为主线推动情节的短篇：两个年龄相仿的小男孩，长相丑陋、天性凶残的万尼亚与漂亮可爱、谦和懂事的科利亚同时在乡间别墅消夏，科利亚被新朋友身上的野蛮天性所吸引，他不顾父母的反对，每天和万尼亚在森林里见面，并跟着他染上了抽烟、喝酒等坏习惯。最后，在万尼亚的煽动下，他半夜溜出了家，跳入森林的河水中结束了生命……在这些短篇中，构成故事戏剧冲突的不是自然环境的阻挠，也不是他人与社会的阻碍力量，而是某种不同寻常的可怕"思想"。正是这些不可见的、恐怖的"思想"促使主人公受到精神上的折磨，一步步走向堕落或死亡。

为了表现这种非理性力量的作用，象征主义作家们选取了一些看似寻常，却意蕴深刻的道具，譬如阴影和镜子（勃留索夫《镜中人》、别雷《故事No.2》）、梦境（索洛古勃《吻中皇后》）等，这些物品或现象起到了"联结物"的作用，仿佛是通往非现实空间的一个桥梁。表象和不可捉摸的"本质"之间的关系通过"镜子"互相观照，甚至有的时候会发生易位，如《镜中人》里的"我"与镜子里的"映像"调换了位置，"真实的我"被囚禁于镜中。除了这些具体的"联结物"之外，有时与外部空间的交流也通过另一些方式完成，比如借助人的"异化"（化身为小矮人的萨拉宁、被人斥责后变成白毛狗的亚历山大·伊凡诺夫娜）、借用传说中的"契约"母体（在尘世征寻"死神"、与犹大订立泄密协议）等。勃留索夫曾经在《地球的轴心》一文中论述：存在着两种品性不同的短篇小说——

"写性格的短篇小说"与"写情境的短篇小说"。在前者中,小说家的任务是表现主人公心灵的丰富性;而"写情境的短篇小说"则集中在事件的奇特性上,人物的存在意义是为了展现他们被情节事件所控制、所包容的程度。显然,象征派小说属于后者。在象征派小说家那里,人的意识是整个世界的"象征",有的时候它甚至大于整个世界。那些非理性的曲径通往现实之外的空间,而这个"空间"很大程度上指向了"死亡"。

情欲与肉体:象征派小说家的"身体叙事"

对于象征主义作家勃留索夫来说,情欲主题是其创作的重要方向,正如上节提到的"意识"所占据的地位,它常常作为一种超越历史语境的存在为读者提供非理性写作的参考。他的长篇小说《燃烧的天使》、中篇小说《莱娅·西丽维娅》、短篇小说集《黑夜与白昼》均属于此类。选入本书的《三姐妹》同样是表现"身体欲望"与"精神需求"相互交媾与抵牾的重要作品:雪夜归来的尼古拉内心充满斗争,在神志恍惚之中(根据作者的描述,并不能确定他经历的一切是事实还是幻象),他分别见到了妻子利季娅和她的两位姐妹,这对他来说是一种痛苦的折磨,因为他爱着三者中的每一个。小说详细描写了尼古拉和每个女人之间的肉体欢愉,并在作品最后留下了疑团重重的结尾:四个人在公寓中离奇死亡,没有任何证据解释这些人是自杀还是他杀。勃留索夫之所以渲染这样的冲突性,是为了凸显"情欲"所代表的深层需求在现实世界中所受到的禁锢。在他看来,"身体"和"欲望"具有比历史和具体的时代背景更为永恒的意义,这也是象征主义追逐的目标——以情欲解释现实世界的隐秘内涵,解释人类认知心理中的混沌和模糊性。

索洛古勃的一些篇什同样体现了这种组合,譬如《吻中皇后》中那个肉体和精神无法在婚姻中得到满足的年轻少妇玛法丽达。她嫁给年长许多岁的老商人巴尔塔萨尔,但丈夫的迟暮让她得不到本该拥有的感官快乐。一次,她午睡后在花园中听到一个声音的呼唤,问她"希望得到什么"。缺乏异性之爱的玛法丽达渴望成为"吻中皇后",以获得男人们的垂青。果然,她后来做了关于这个主题的、狂野的梦,醒来后她赤裸全身来到大街上,希冀与街上所有的男人发生肉体关系。最终她得到了包括镇压军人在内的所有异性的爱抚,并在其中一个情夫的刺杀下死去。在勃留索夫的文学创作中,道德正确的精神追求败给了"身体欲望",真正吸引他的是作为"意识"表征的"情欲"。

此外,勃留索夫对"身体"的关注,还体现在他的作品《善良的阿里德》中对女奴接受的刑罚进行的细致描写:八百名女囚作为女奴被出售到外国,在劳动中,她们遭到监工头的鞭打或踩躏,甚至连生理期或者分娩期也很难幸免。勃留索夫不同于以往对情欲的渲染,在这里列举了刑罚的各种形式,将其加之于身体,从而呈现出暴力、阴森的特点。即便是在这样的情境中,仍然不乏情欲的折磨,譬如混血女奴奥比尔娜为争取监工的爱抚不惜杀害新来的女奴,在被监工刺死之时仍然不忘抛出最后的告诫。情欲作为个人非理性成分的一个内容,构成克服种种现实阻碍的重要力量。

刻意强调叙述距离的"面具化"写作

20世纪葡萄牙现代主义诗歌之父费尔南多·佩索阿曾在写作中作出过最大胆的尝试:杜撰一些和自己的身份完全不同的人物,设定他们的性格和价值观念,以他们的口吻写作风格各异的诗行。与佩索阿的"异名写作"相类似,俄国象征派作家同样在创作时注意到了叙述距离的问题,刻意使用其他身份展开讲述。《南十字星共和国》中的许多篇小说(尤其是勃留索夫与别雷的创作)的题目后都有副标题:"一位精神变态者的精神笔记""一起法院疑案""一个友人的坦白""摘自一官吏的笔记"等等,乍看起来,这些小说完全消除了虚构的性质,更像是一份调查报告、报纸上的一则社会新闻。被认为是"反乌托邦"小说早期代表的《最后一批殉难者》(1906)更是这方面的典型。这个短篇的副标题是"一封没按地址送到的、由刽子手烧毁的信",通读全文可以得知,这是一封革命事件的见证人写下的信件，在信里他向他的朋友叙述在他的祖国发生的事件，而他本人则牺牲了。信件的发表者是一位从祖国流亡出来的侨民，他在朋友死后从他的遗物中发现了信的手稿，而信的原件则被临时政府的密探查缉而烧毁。难以想象，勃留索夫在创作之初是怎样殚精竭虑地虚拟这样复杂的关系，不过这样的"面具化"形式的确给小说笼罩上一层亦真亦幻的面纱，使得象征意义在整个文本层面进一步加深了。

另外，小说集还收录了勃留索夫的《镜中人》和《善良的阿里德》两个短篇，在这两篇中勃留索夫采用女性视角，代表女精神病人和待产的女奴发声。之所以选择用这样的视角，大概是勃留索夫觉得她们处境的特殊性，他渴望借助这些身份，探究女性意识深处隐秘、矛盾的思想嬗变。不过，有些令人遗憾的是，后一篇的尝试似乎是有些失败的，读者并未能捕捉到作品中的"我"与其他女性之间"感同身受"的时刻。小说本身也显然没有收尾，结构上的不协调使得整篇故事有些头重脚轻，收录于本书的其他几个篇目也给人相似的印象。

象征主义者在"镜子"里看到了什么？读完《南十字星共和国》，读者对这个问题应该有了更清晰的看法。学者贾放在评析象征主义小说诗学观念时指出："他们力求在作品中使生活的各个侧面互相透视，将读者由经验的体验引入一种'超感觉的真实性'，使读者能通过作品中的象征性意象领会现实事物背后的纯粹本质，即所谓的由表象的、低级的现实进入高级的、'真实的'现实。"由是观之,象征派作家在"镜子"里看到的"现实"比具体实在的物象更加丰富,他们看到的是形成这些物象的意识层面的作用,以及抽象精神与具象世界之间隐秘而牢固的联系。

(首发于"文汇网"2017年4月26日,题目为《不满于现实主义,这些俄国作家在象征中看到更真的现实》)

俄国历史的记忆拼图
——评《记忆记忆》

在孩提时代，玛丽亚·斯捷潘诺娃便决定为自己的家族写一本书。十来岁时，她在小学的练习本上洋洋洒洒写了五六页的家族史。在以后的三十多年，这个计划一直没有搁浅，她为此搜集资料，遍访祖辈们定居过的偏远小镇，直到这本以记忆为名的书完结定稿。斯捷潘诺娃的写作初衷是私人的：源自个人对整个家族的使命感。不过，在写作的过程中，她渐渐扩张了自己的野心，用她的话说，这是"一次注解20世纪的尝试"。从这本《记忆记忆》的呈现状态来看，斯捷潘诺娃检索到的、对过往的记忆是凌乱不堪的，读起来有一种玻璃炸裂带来的震惊与慌乱的感受。那些碎片从不同的角度望过去，可以看到被反映物不同的侧面。极度的困惑与极度的震撼奔涌而至，或许这也是一场实验，用以模仿记忆本身斑驳陆离的面孔。而支撑实验效果的实验参数，除了有叙述者众多经历丰富的祖辈，还有整个俄罗斯20世纪诡谲多变的历史。

整本书的开头第一句话相当简捷——"姑妈死了"。这几个字确立了整本书的调性——作者想要通过追溯"记忆",对"死亡"进行再阐释;以回忆为名,还原当时当地的时代氛围。不过,这些回忆性的文字与死者们真实的经历究竟相差多远,抑或只是斯捷潘诺娃单方面与死者展开的"对话"?这些自然无从考证。斯捷潘诺娃作为一名诗人,诗歌风格极其独特,而对于"家族记忆"这同一个主题几十年锲而不舍的思考,也使得她写出的文字层次纷繁复杂,不少已经凝结成了个人色彩鲜明的思想观念(这也是这本书读起来艰深晦涩的原因之一)。读完这本书会忍不住想,也许家族史就是斯捷潘诺娃的一个幌子,她是要通过"写家谱",展示自己纵横交叉、庞杂深刻的思想。这些五光十色、类别繁多的思想观点在家族成员和历史人物中间交织,仿佛构成了一条条通往神秘花园的、彼此交叉的小径。

恋物:日常器具的神圣之光

斯捷潘诺娃为自己的追忆过程罗列了上百种旧物,其中最令人印象深刻的,是作为该书封面的、残缺的瓷娃娃。这些本来只为运输物料途中减少碰撞而生产的瓷娃娃,在几十年后成了商店里走俏的摆件,残缺使得它们成为历史记忆的一部分,也是这本书的一个核心隐喻。为了节省成本,这些名为"冰人夏绿蒂"的瓷娃娃在粗糙的加工过程中只有一面上釉,不期然被时间镀上了一层神圣的光芒,仿佛当年日本的浮世绘风格绘画,作为瓷器的包装纸被带到欧洲,结果影响了印象主义的绘画观念。附着在器物之上的记忆,增加了它的灵韵。文中,斯捷潘诺娃也是从整理加利娅姑妈杂乱的遗物时,触碰到深居简出、特立独行的姑妈的另一面。作为日常器具的旧物,构成了整体历史的一个个细节。

同样作为记忆凭证被讨论的,是平日里司空见惯的老照片。斯捷潘诺娃使用了一章的篇幅,对手中的二十张老照片进行了工笔画一般的描述——是文字描述,而不是将照片直接插入书中作为参考。在随后的一章,她又否定了照片对于保存记忆具有的权威意义。斯捷潘诺娃对照相术(包括纪实摄影)所持的态度是否定的。她不信任镜头下的瞬间,认为它们妨碍了抵达生命的本质。彼时包法利夫人第一次经历照相术,不禁发出一声赞叹:"这就是我。"而后,她从三十六张照片中,挑选出自己最满意的一张。但是相比于画像追求的"相似性",斯捷潘诺娃认为照片的刻板和如实再现反而令人抗拒,"照片的机制并不意味着对现实之物的保存"。

"照片首先关注到的是变化,周而复始的成长、兴盛、衰落、消亡……艺术所从事的是截然相反的东西:任何成功的文本库都是关于成长的大事记,并不与第一条皱纹或者黄褐斑的出现完全吻合。照片则一丝不苟：它确定无疑，所有这些很快就将不复存在，因而尽可能地以自己的方式保存一切。"

这里斯捷潘诺娃展开了一个悖论性的命题：表面上最为忠诚的影像，最终可能距离真相最远。这部分的论述，大概会让痴迷于拍照修图的当代读者陷入尴尬的境地——如今太多人执着于"理想化摄影"，恨不得出门就戴上一副具有滤镜功能的眼镜。斯捷潘诺娃带着讽刺，宣称数码技术制造出来的大量机械复制的图片，最终会进入"另一个墓地"，那是一个最终被人抛弃的、庞杂的图像垃圾场。比较而言，她反倒肯定了摄影师拍照时露出马脚的疏漏之处，"比如狂欢节丝绸盛装下的难看鞋子"，至少它们忠诚于自己的时代。

日记与信件：暧昧多义的记忆存储库

除了对当事人曾经使用过的器物进行考察，斯捷潘诺娃还把记忆挖掘的希望更多地寄托在他们留下的文字上面。从姑妈留下来的黑色日记本开始，斯捷潘诺娃开始借助家族成员的文字进行知识考古。不过，她并不认为这些文字都是可信的，她判断的依据是写日记的人是否构想了一个"潜在作者"。斯捷潘诺娃据此将日记分成了两类：具有特定阅读对象的"表演性日记"，以及为个人量身打造的私密性日记，外人很难进入。姑妈的信带给她的是后一种感受，那些事无巨细的清单罗列像宽眼渔网一样，留下了本人外部生活的可靠证据，而真正的内部生命却完全留给自己。

日记对于访客或许是封闭的，而信件则尽可能地敞开了语义丰富的大门。这些信件里最使人难以忘怀的，是"二战"期间发自列宁格勒战场的几封家书。作家外祖父的姨弟廖吉克由于征兵年龄的变更，十九岁便参加"二战"，并随着队伍四处迁移。像普遍的战争文学那样，廖吉克在信里向家人传达爱国的热情，分享战场上的喜悦，但他在负伤后也会流露出消极的情绪，向家里人诉说想家的苦闷。或许那些文字背后，还隐藏着一个涉世未深的年轻人对即将到来的死亡的恐惧。斯捷潘诺娃在文中引用了书写"列宁格勒大围困"的作家利季娅·金斯堡的说法，"二战"以及"列宁格勒大围困"使得个性特征消失，个体的人变成了群体的"死者"。而她的这些追溯将廖吉克从万千死者的队伍里推了出来，使一段近乎遗失的记忆重新被发现，被更多人读到。

此外，书中还有不少信件，穿插在第一、二部分的章节之间，构成了举足轻重的"插章"。这些通信大多与贯穿全书的一个重要人物——太姥姥萨拉·金兹堡有关。萨拉·金兹堡曾远赴巴黎学医，从世界著名的医学院毕业。少女时代她受到革命思想鼓舞，曾参加 1905 年下诺夫哥罗德的街垒战，后来由于散发非法传单被捕。她与后来的苏联高层领导人曾经是同学，也数次在政治劫难中幸免，像足够幸运的"瓷娃娃"一样得以保全。斯捷潘诺娃选取了她与太姥爷"桑丘·潘沙"之间的通信作为"插章",这些信件沿着两条线行进:个人层面上的学业、生活、男女情感,以及公共层面对社会事件的关注,对时局的评价。这些进入到记忆存储库的信件材料是有趣的,它或许不过是革命年代里的"大众叙事",但放在今天的语境里,以我们的"经验"去触摸革命理想主义的文本,会明显感受到记忆暧昧多义的一面。

故地重游,寻找记忆花园的坐标

斯捷潘诺娃在书中提到自己与华盛顿的一位历史档案学者交谈时,称自己是如今非常流行的、热衷于寻根之旅的游客之一。事实上,她的寻根之旅比泛泛意义上的游客要全面丰富许多。在筹备这本书的三十五年时间里,她沿着祖先走过的路途去了很多地方:为了更多地获取沉默的家族的隐秘,她走过波钦基的羊肠小道;为了更近地感受到太姥姥当年的心境,她专程造访过萨拉一个世纪以前在巴黎住过的旅馆;为了寻找记忆更深远的源头,她只身前往祖太姥爷的故乡敖德萨……事实上,这些地理坐标也都和俄罗斯历史的不同侧面有隐秘的联系,斯捷潘诺娃的寻根之旅带着一只俄罗斯历史的罗盘。

寻访的过程有些类似于悬疑小说的情节,但很少有"水落石出"的结局抚慰旅途的劳顿。在赫尔松市的档案局,她从文件中获知祖太姥爷曾经一手操办铸钢厂、铸铁厂、机器制造厂，也从1918年的工厂委员会的一份会议记录中，读到古列维奇私人财产移交至工厂工人所有的决议，甚至从普遍的历史文献中了解到1917—1920年间赫尔松经历的政权更迭、社会变动，但关于祖太姥爷个人的命运，她却没能够得到任何确切的消息。具体的"人"的形象被隐没了，只有博物馆里一台庞大的、配件完整的犁具还耸立着，机身的大写基里尔字母"古列维奇卡霍夫卡工厂"，证实祖太姥爷的家族确实在历史上真实存在过。

通过故地重游重建历史形象，这是一种精准的考古，还是个人主观情感的附会，在斯捷潘诺娃笔下也是一个值得商榷的命题。在友人的带领下，她来到位于萨拉托夫的外祖父的旧宅院。院子里的一切令她激动不已，她觉得自己与这个地方心灵相通，"我清晰地回想起了一切，纤毫毕现地还原了家族当年在此地的生活：他们如何在此地居住，又为何离开这里。院子将我抱在了怀里"。然而，此后不久，朋友却打电话告诉她，上次搞错了，他们去的并非外祖父的宅院。这段经历对所有试图找回记忆的人，都构成了一次拷问：我们真的是在忠实地保存自己的记忆，还是被一种对自己有利的力量裹挟着"编排记忆"？

"同时代人": 家族记忆的"大历史"视野

单纯写家族成员的命运不会是斯捷潘诺娃的落脚点。在她包罗万象的追溯中,家族的记忆从纯粹私人的空间跳脱了出来,她将追忆的范围扩大到与自己的祖辈同时代的世界文化名人身上,大量的历史史实与家族成员间的命运遭际相互交织缠绕,作为参考的"同时代人",构成了通往20世纪记忆花园的另一个幽暗的入口。

譬如,从作品内页的家族人物图谱可以看到,斯捷潘诺娃的祖先们来自于斯捷潘诺夫、金兹堡、弗里德曼、古列维奇,而这些姓氏中有三个都属于犹太人。在追溯记忆的过程里,斯捷潘诺娃也曾经多次提到犹太人的历史境遇问题,这个20世纪人类记忆绳索上的一个死结。从太姥姥寄往家中的明信片和信中对一切与犹太人有关的信息讳莫如深,到格奥尔基·伊万诺夫、库兹明、勃洛克等人对曼德尔施塔姆犹太身份的揶揄,犹太人的种族问题像一条充满耻辱的尾巴一样,被藏在了俄国主流文化的背后。不仅如此,斯捷潘诺娃还在世界各地拜访屠犹遇难者纪念馆、犹太公墓,寻访那些文化名人的踪迹,如遭到纳粹迫害的夏洛特·萨洛蒙、安妮·弗兰克等,在一阵虚妄的冲动驱使下,她甚至希望可以凭借个人的回忆,拯救湖里那些"像煮熟的饺子一样在沸锅里翻滚"的头颅。现实生活里,那被驱逐、被迫害的阴影挥之不去,以至于斯捷潘诺娃的父亲得知自己当年的家书要被发表，表示了强烈的反对。祖辈们在历次政治斗争中遭遇的无妄之灾，教给了他们韬光养晦的哲学，斯捷潘诺娃却勇敢地向人暴露伤疤，她试图重整这些惨烈的记忆，恢复自己的民族在人类文明史上应有的地位。

俄罗斯评论家将这本书称为"世界之书"，这主要是就它宽广的写作视野而论。斯捷潘诺娃担任了多年文艺网站的主编，平日阅读面十分庞杂。她身上具有俄罗斯白银时代知识分子的特质，对世界文化如数家珍，这从译者在正文后附上的两百多条注释就可以看出来。斯捷潘诺娃在与故去的家庭成员对话，也在和世界文化名人进行观点的沟通，塞巴尔德、曼德尔施塔姆、拉斐尔·戈德切恩、弗朗西斯卡·伍德曼、夏洛特·萨洛蒙等等文化符号，被同一根线串了起来：究竟什么是记忆？应当怎么去看待人类的记忆？尤其是在那些形成巨大历史分水岭的事件之后，应该怎样讲述所谓的"后记忆"？

在具有非虚构特征的散文集《时代的喧嚣》里，诗人曼德尔施塔姆追忆了自己和同时代人的过去。斯捷潘诺娃认为，他的目的是将过去"盖棺论定"，归根结底"排斥记忆"，而这是同时代的大部分作家不能认同的。他的朋友茨维塔耶娃也是坚定的反对者之一。她以丈夫的白卫军形象为傲，曾经写过多首诗歌献给心目中的"骑士"。她认为曼德尔施塔姆站在布尔什维克的立场诋毁了白卫军，因此在多个场合对他进行批判——她要拥护的"记忆"，完全是另一种模样。斯捷潘诺娃借此对记忆的客观性再次提出质疑。不同观点之间的碰撞，让家族记忆在"大历史"的背景下模糊了边界，成了思想史研究的剖面。

  作为本书中心人物的太姥姥萨拉·金兹堡，和"瓷娃娃"一样，是历次劫难的幸存者之一。过往的经历塑造了她，使得晚年的她显得极其干练，"山岩一样"，"仿佛一座消散之力的纪念碑"。在斯捷潘诺娃留存下来关于她的记忆中，有一个意味深长的细节：萨拉·金兹堡喜爱在钢琴旁弹琴唱歌，她最后一次天鹅遗曲般的歌唱，选择的竟然是青春时代低沉而悲壮的《你们在殊死搏斗中牺牲》。当那激动的嗓音从她衰老的躯体里涌出时，"身陷布特尔斯基监狱的十五岁的马雅可夫斯基、手持《爱尔福特纲领》的中学生曼德尔施塔姆、雅尔塔革命者集会上的十三岁的茨维塔耶娃"——所有太姥姥同时代的年轻人奏响了一曲合唱，宣布要与旧世界决裂。通过种种记忆的拼贴，斯捷潘诺娃再次试图扩大家族记忆的范围，所有相互交叉的小径朝着同一个方向延伸——俄罗斯乃至全世界整个20世纪诡谲多变的文化与历史。

（首发于《上海书评》2021年1月10日）

何以为家:俄苏影片里的"公共住房"

梳着革命发型的女特派员,被领到巴黎的豪华宾馆里。她把行李箱放下,环顾了一圈宽敞的房间,问其他人:"这个房子哪个部分是属于我的?"三位同志听了她的话,面面相觑。他们比她早来了几天,已经习惯了"资本主义"的生活方式,于是对她解释道:"同志,这里的情况不太一样。他们不分租房间,我们得租下整个套房……"

这是好莱坞导演恩斯特·刘别谦拍摄的电影《妮诺契卡》(1939)中的一幕。特派员妮娜之所以对宾馆的面积产生兴趣,是因为在她生活的国家,"集体住宿"才是全民的常态。在苏联,妮娜和其他两个女孩同处一室,此外,她们还要和隔壁住户共用卫生间与走廊。

影片中有不少笑料与"公共住房"有关,比如妮娜和室友聊天时,隔壁房间的男人仿佛穿过菜市场一般,面无表情地从两人中间穿过；朋友们到妮娜家里做客，椅子不够用，四个人一起挤坐在了她窄小的床上……

这些充满戏谑的场景在外国观众看来，似乎带着导演本人对苏联生活的偏见。事实上，它完全是当时社会的真实状况。有必要补充一点，按照苏联当时的标准，三个人住一个房间，已经是天堂一般的生活。

公共住房：想象中的苏维埃共同体

尽管苏联是世界上第一个把居住权纳入宪法的国家，但住房问题始终困扰着苏联人民，成为城市居民的大问题。20世纪，城市的迅速崛起，以及大批农民涌入城市的工厂，使得公共住房的理念在苏联成立之初就成为普遍思路。

1917年俄国革命以后，苏维埃政权曾征集城市富人的住宅，以解决普遍的住房问题。1918年的人均住房面积卫生标准为每人九点一平方米，所有超过此居住标准的家庭都要为无房居民腾出空间。苏俄高层一方面改造征得的房屋，另一方面从1930年代起推行新型的低成本公共住房建设。

随后在斯大林、赫鲁晓夫和勃列日涅夫时期，苏联政府又分别推行了加快公共住房建设的各种措施。这解决了大批居民的住宿问题，也使得"公共生活"渗透到每个苏联人的观念深处，为每个人提供了独特的集体主义身份。

或许，在苏联的住房建设者看来，公共住房里的一切都应该像1957年的电影《我住的房子》里展示的那样。无论是水电工，还是地质学家，住在同一栋房子里的人尽管出身和习惯存在差异，但大家会互相体谅，团结互助。甚至出身完全不同的谢廖沙和加利娅，长大后还彼此相爱，一起在桥上散步，欣赏夕阳下落的美景。

作为典型的"无冲突论"的代表，这部影片中没有一个反面人物，也没有打斗、欺骗和任何会使人产生负面情绪的画面。1941年爆发的战争，破坏了公共住房里乌托邦一般的生活。从战场回来的谢廖沙，得知了加利娅被杀的消息，伤心欲绝，但大家庭的温情又点燃起他重新生活的信念。

1950年代出现的一批反映"二战"的影片中，这部电影并没有正面表现战争血淋淋的场面，而是把"家园"的被毁和重建作为中心图景，公共住房里每个年轻人都是国家保卫者的优秀代表，保卫家园具体到日常生活层面，就是保卫他们每天生活的理想化空间。

从一些数据来看，尽管整个苏联时期的居住体验都比较差，但公共住房确实极大缓解了苏联城市居民的居住问题。1961年，城市居民首次超过农村人口，达到一点二七亿。不得不承认，公共住房为社会主义建设适时地抹上了一层润滑油。

尤其是赫鲁晓夫执政期间，苏联在住房建设上的改革堪称世界建筑历史上的典范。相比斯大林时期修建的规模宏大、装修华丽的公共住房，赫鲁晓夫时代推行更经济更实用的方针。这一时期出现了许多没有电梯的小高层"筒子楼"，一般为五层，楼体采用预制板结构，不设垃圾通道。厨房、卫生间比较小，每个房间面积也都不大。当时的主力户型为三十平方米的一居室、四十四平方米的两居室和六十平方米的三居室。作为补偿，小区外的公共设施更加完备，配套修建了商店、医院、托儿所、中小学、工厂，甚至殡仪馆，满足一个人从出生到死亡"足不出户"的构想。

至今在莫斯科和彼得堡，还可以看到许多这样的小区，楼与楼间隔的区域是茂盛的树木，以及为小区里的儿童和老人提供的秋千、木马和长椅，充满人文关怀。这种可以大规模复制的房屋，建筑周期都很短，只需要短短几周施工期。

另一方面，全国各地拔地而起的"火柴盒"彼此之间十分相近，给苏联著名导演梁赞诺夫带来了创作灵感，从而出现了俄罗斯人新年必备的影片《命运的捉弄》(1975)。在集体住房规模化大生产的背景下，莫斯科和列宁格勒出现了外形相似的"双胞胎楼"，不仅房间布局完全一致，连房子所处的街道，甚至房门的钥匙也完全相同。这使得醉酒后的男主人公阿纳托利摸错家门，邂逅了同样未婚的青年女教师卡佳，从而引发了一段美好的爱情。

隔墙有耳:"筒子楼"里的鸡毛蒜皮

苏联有句俗语,将嘈杂的环境比喻为"像家庭主妇们在公共厨房里吵架一样"。的确,相对于今日的单身公寓居住模式(即使是大城市里的合租,也已与当时的情境相差甚远),集体住宅里的生活是喧闹而拥挤的,充满了各种是非。

拍摄于苏联解体后的电影《小偷》(1997),就出现过公共住房里"鸡飞狗跳"的场面。伪装成战斗英雄的小偷托扬,带着主人公萨尼亚和他的母亲四处飘荡,他们租住的环境反映了苏联集体住房的大致样貌。五六家人合用卫生间和厨房,无业游民和女演员同居一室,公共区域成了女人和孩子扎堆的地方。

个人隐私在这里成了公开的秘密。正如影片《莫斯科不相信眼泪》(1981)中,决意撮合卡佳和果沙的工程师尼古拉来到果沙的住处,没聊几句,同住的老太太便将果沙的所有信息和盘托出。下班后每家的房门几乎都是敞开的,隔着一层薄薄的胶合板,所有人对同住者的性格喜好和生活细节了如指掌。

不过,暴露"隐私"似乎并不是最要命的,集体住宅最大的缺点是最基本的生活需求成了问题。共同居住意味着所有的生活用品都有可能被纳入共有,无论是冰箱里的黄油和干酪,还是卫生间里的浴巾和洗发水。

苏联时期流传着许多和公共住房有关的笑话，其中一个令人笑出眼泪的段子是这样的：一个年轻的女人在公共住房的浴室里洗澡，住在隔壁的男人踩在小凳子上，通过门上方的玻璃偷看她。女人发现了他，于是大喊道："鲍利亚，你不是十四岁的孩子了，难道你从没见过漂亮女人的裸体吗？"门外的男人回答："亲爱的，我求您了。把我的香皂和搓澡巾都放回原处，让我安安心心地吃个饭吧！"

公共洗手间和厨房里，每天都上演着这样的抗争与妥协。谁先上厕所、谁先开始做饭，成了大动肝火的事情。很多公共住房的卫生间里都是抽水马桶，受过良好卫生教育的苏联公民自然不愿意和别人共用马桶垫圈，这导致的后果是，每个在卫生间门口排队的人都带着书和自家的垫圈，场面蔚为壮观。

布料供应不足，巧克力稀缺，苏联社会物质的匮乏在公共住房里的直观表现，就是人从早晨睁开眼睛开始，就不得不面对"空间争夺战"。在喜剧《办公室的故事》（1977）中饰演女上司的阿丽萨·弗雷因德里赫，在一次采访中提到过，她曾经住在一套由六个家庭组成的公共住房里，没有浴室，只有一间厕所，厨房里只有一个生铁铸造的冲洗池。经常可以听到厨房里传来呼喊声："等一下，我正在洗澡！"

1954年，作家利季娅·楚科夫斯卡娅在日记中写下了诗人安娜·阿赫玛托娃对新分配宿舍的印象：房子位于五层，不是每天都有电梯。她住的房间狭长，里面摆了两张床，中间的空隙只有走钢索的人才可以通过。除了她的房间,套房里还有八个房间。一想到马上就会有人敲她的门,对她说,"阿赫玛托娃同志,轮到您擦走廊了",她就抑制不住暴躁沮丧的心情。

比阿赫玛托娃处境更糟的大有人在。1967年,俄罗斯演员瓦列里·扎洛乌辛和朋友去拜访乡村作家马扎耶夫,因为孩子在房间里睡觉,他们去了散发着馊饭味的厨房。马扎耶夫告诉他们,他经常坐在厨房的餐桌上写作,在堆满报纸和杂物的餐桌边上,作家向他们大谈托尔斯泰,而成群的苍蝇在他们周围飞舞着,似乎对交谈者的精神世界充满了兴趣。

对独立空间的渴求,这原本是十分自然的诉求,但在那个特定的时代,这种诉求成了一种奢望,甚至被冠以小资情调,是异己的、应当受到谴责的行为。在影片《西方—东方》(1999)中,受到苏联"二战"后赦免政策感召的医生阿列克谢,带着法国妻子玛丽和儿子回到祖国怀抱,却在公共住房里受到了邻居们密切的"关注"。

来自西方阵营的玛丽,尤其成为众人眼中的异类。她追求自由,热爱浪漫,不合群的表现有很多,比如她竟然要一周洗两次澡!"您的洗浴时间是周四,只有那一天您才可以洗自己的内衣!"邻居的话音里流露出人民大众对"特权阶层"的不满情绪。这些日常生活里的鸡毛蒜皮,使得阿列克谢与玛丽之间也日渐生出龃龉,加速了他们情感的破裂。

最终,玛丽因为追求自由而遭到逮捕。六年后,她再度回到阿列克谢身旁，但身上那些灵动而轻盈的气质已经不复存在。她变得形象呆板，眼神空洞，以至于丈夫从一群穿着棉背心的人群里完全没有认出她来。

"百年不孤独"：俄罗斯人的集体生活记忆

电影《小偷》里的一些情节，似乎暗示了集体住宅内住户混乱可能引发的后果。托扬请所有人去马戏团看演出，而自己则回到住处进行偷窃活动。

集体住宅像一个微缩的社会，道德观念在每个人心中又都有各自的标准。不过，长期的共同生活习惯培养了大部分住户的热情和忍耐力，在苏联的公共住房里，总是能看到团结互助的温情场面。夫妻两人忙于工作，经常会把孩子寄放在其他邻居家中；与一群人同居的生活，很少让你感受到孤独，因为身边总有脚步声和交谈声，而邻居中间也不乏具有音乐、舞蹈天赋之人；公共住房的浴室和厨房，是男人们最钟爱的社交场所，那些关于苏联的政治笑话，多半都诞生于这些地方。

同样是在电影《小偷》里，大人们在客厅里喝得烂醉，一起唱勾起他们无限伤感的歌曲；而主人公萨尼亚坐在桌子底下，听邻居小女孩对他诉说天真烂漫的情话。

对于出生和成长在苏联的新一代苏联人来说，"公共住房"在他们心中占据着更为特殊的地位。他们从小就生活在集体中，从没有体验过父母们在集体住宅中经历的不适，相反，街坊邻里的陪伴在他们的成长过程中似乎是不可缺少的。

一个具体而生动的例子便是，笔者曾经听俄罗斯的好友多次提到她在集体住宅里的儿时玩伴。每当回忆起大家一起过生日的场景，她就忍不住眼含热泪。2016年，俄罗斯出版的非虚构体裁绘本《老房子的历史》，在近几年的图书市场上广受欢迎。其中关于集体住宅的大量篇幅，正是针对那些对集体住宅怀有深挚情感的俄罗斯读者。

拍摄于1980年代的电影《巴科洛夫斯克大门》（1982），同样以缅怀集体生活为主题。影片开头，已经步入不惑之年的男主人公坐在车上，望着被推土机铲除的老房子陷入了沉思。废墟中的玩具小人眨着眼睛，而老唱片机在机器的轰鸣声里转动起来，播放着怀旧的歌曲。1980年代正是全体苏联人步入怀旧情绪的时期，从地平线上被推掉的"集体住宅"对于那一代的中年人而言，就像契诃夫笔下被时代抛弃的樱桃园，充满了时代交替的暗示。

尽管从1920年代开始，集体住房已经在俄罗斯存在了一百多年，但"筒子楼"在俄罗斯并不像在中国那么快便消失殆尽。彼得堡城市住房委员会的资料显示，2017年该市共有七万四千五百套公共住房，其中居住着二十四万户家庭。

事实上，俄罗斯的住房市场化在苏联解体之后才逐渐兴起。按照目前的经济形势来看，在未来的一段时间内，俄罗斯的城市居民有望继续延续"百年不孤独"的城市居住体验。比起抱怨集体生活的拥挤和混乱，也有不少居住者在告别"筒子楼"之后，会带着感恩的心情怀念它，同时怀念那个远去的时代。

在俄罗斯社会学家、《集体住宅生活经验概览》一书的作者伊利亚·乌捷辛看来，集体住房不仅影响了好几代苏联和俄罗斯民众的日常生活，也塑造了他们的价值观念。这种群居性生活增强了人与人之间的信任，也将平等互助的原则植根于他们的内心深处，直到今天，这些影响仍然广泛体现在俄罗斯人公共生活的方方面面。他将彼得堡称作"公共住房之都"，其中一个主要原因是，这里有大量帝俄时期的建筑，房屋结构天然地适用于公共住房。专著问世后，乌捷辛曾接受一家媒体的采访，访谈的名字就是：《公共住房是怎样使彼得堡更加迷人的》。

（原文发表于《凤凰周刊》2020年6月下）

工农兵雕像：远去的历史面孔

修缮后的南京长江大桥，在2018年5月露出真容，同时被揭去"面纱"的还有两侧桥头堡上的"工农兵学商"混凝土群像。与此前的灰白色外观不同，修复之后的雕像呈现出淡红的"肉色"，给人栩栩如生的观感。当时的新闻报道中甚至认为，这是工农兵雕塑"与时俱进"的体现。

不过，在今天各种表现抽象理念为主旨的城市雕塑群落中间，"工农兵"雕塑的存在感非常弱，更谈不上"与时俱进"。如今，那些斑驳的工农兵雕像几乎绝迹，作为群像的"工农兵"对年轻人来说，早已经成为政治课本上的一个历史概念，淡出了大众视野。

中国近现代雕塑的发展历史上，以工农兵形象为代表的纪念性雕塑，曾经在1949年后的几十年里大放异彩。这其中最为人熟知的是各大电影制片厂的片头雕塑，它们构成了1949年后数代人共同的观影记忆。

如早期北京电影制片厂的黑白片头：站在正中的女农民将麦穗举过头顶，个子最高的工人伸手指向前方，而女农民另一侧的解放军战士一手握拳放在前胸，另一只手握着步枪甩到身后。上海电影制片厂的三人群像人物外形相似，但气势更为壮观，这主要得益于三人前后排列，工人怀中抱着一本书，而解放军的披风随风扬起。1960、1970年代的长春电影制片厂、峨眉电影制片厂的片头也都大同小异，增加了红旗、护目镜等细节突出这三个形象的身份特征。

尽管这些电影制片厂后来数次更换片头，但不得不承认，给观众留下最深印象的还是简洁有力的"工农兵"造型。以至于2010年，由长影、中国国际电视总公司等七家单位联合成立的中国电影股份有限公司，再次选用"工农兵"形象作为商标。2013年，上海电影制片厂也邀请著名雕塑家吴为山制作"工农兵"雕像，以突出该厂的"平民情怀"。

这是一个相当有趣的现象，纪念性雕塑在中国已经退出了视觉审美的主潮，但偶尔又跳到大众视野中来，从而使旧有的政治话语不断与时代发生勾连，丰富它自身的表意功能。

溯源纪念性雕塑：旧苏联的"新新人类"

中国纪念性雕塑最重要的源头，是苏维埃政权建立后的平民化艺术探索。在苏联成立的初期，列宁就对艺术家宣传革命、教育人民寄予了深切的期望。他曾在讲话中指出："我们的革命将艺术家们从贫乏的生存条件的桎梏中解放出来了。但与此同时，革命又为艺术家们布置了看不见的任务，首要的任务便是直接参与社会生活，参与到新生活的建设中去。"

所有的艺术门类中，电影和雕塑这两种样式因为面向大众，曾受到列宁特别的重视。他同雕塑家详细交谈，详细了解他们的需求，到雕塑现场实地察看，并多次出席雕塑揭幕仪式。在他的推动下，纪念性雕塑成为1920年代苏联国家文化历史上的重要现象。

仅苏联成立后的前五年，就涌现出一百八十三件纪念性雕塑作品（部分为草稿方案）。一个比较耐人寻味的对比是，尽管多数雕塑形象脸上洋溢着幸福的喜悦，但当时参与雕塑运动的艺术家和工人基本都食不果腹，忍受着物质匮乏的艰难考验。

轰轰烈烈的"造像运动"所表现的形象，一般为以下几种：为人民幸福抛头颅、洒热血的革命者，传播哲学思想的启蒙者，杰出的文化学者和大师，能够体现解放劳动、苏联宪法、工人与农民联盟、无产阶级国际主义思想的纪念性装置等。

在这些形象中间，"工农联盟"作为当时的"新新人类"代表，曾得到许多雕塑家的青睐。怎样用艺术的语言表现苏联社会生活的新内容，让雕塑家们颇费了一番心思。在所有的苏联纪念性雕塑里，最具世界影响力的莫过于女雕塑家薇拉·穆希娜（1889—1953）的作品《工人和集体农庄女庄员》。

她是苏联著名的雕塑家，五次获得斯大林奖金，雕塑史上许多著名的苏维埃人形象都出自她手中。这座《工人和集体农庄女庄员》雕像，是穆希娜为1937年巴黎世博会苏联场馆设计的，作品刚一问世便在苏联引起了轰动。

它借用了古代英雄的形象特点，但所有的设计风格的落脚点却在现代性上面。除了设计材料采用的铬镍材料表现出的工业属性，工人和农庄女庄员形象在当时也是不折不扣的"新新人类"。这一男一女跨步向前的姿势、飞舞的飘带和裙裾，隐喻了新兴的社会主义政权的优越性，对于每个参观世博会的资本主义国家观众来说，无疑是最有力的宣传。

发生在世博会上的一个比较有意思的插曲是，这件高达二十四点五米的雕塑作品立于苏联馆的顶部，而在夏佑宫步行街道的另一侧恰好是德国馆，其顶部雕塑是象征纳粹势力的十字标志和纳粹鹰。两座充满意识形态色彩的雕塑临街对峙，仿佛是对两年后爆发的战争的一种暗示。

雕塑被运回苏联之后，由于外观过于雄伟，在安置上费了很大的周折，最终被确定安置在全苏国民经济展览馆的正门。在此以后的苏联雕塑界，又出现了若干次集中的纪念性雕塑热潮，譬如"二战"期间雕塑家们以战斗英雄为表现对象，塑造出无名烈士等众多经典形象。但从世界影响力上来看，已经没有哪一次可以超越1920年代到1940年代取得的成就。穆希娜的《工人与集体农庄女庄员》作为先锋主义雕塑的结晶，成了苏联社会的标志性符号。

1947年，该雕塑成为莫斯科电影制片厂的片头。每一个看过该厂所生产影片的观众，都不会对这座雕塑感到陌生。甚至在苏联解体后的今天，我们看到的片头仍是当年的雕塑。可见经历了七十多年，俄罗斯电影人仍然对这个历史符号充满兴趣。除了尊重历史的考虑，这或许也是对苏联雕塑学派的扎实创造能力的肯定，它的写实性和先锋性，超越了具体的政治体制。

雕塑教育的"一边倒"：留苏学生与雕塑训练班

尽管苏联的纪念性雕塑在1930年代便已经大放异彩，但中国雕塑界了解并重视这种风格，是在1949年以后。1950年，伴随着中苏双方在莫斯科签署《中苏友好同盟条约》，美术界也掀起了向苏联艺术家学习的热潮。这段时间国内的美术杂志开始辟出专栏，刊登介绍苏联的雕塑作品。随后不久，苏联美术研究院院长格拉西莫夫，副院长、雕塑家马尼泽尔等受邀来华举办讲座、和美术家座谈。

虽然中国拥有泥塑、石雕、木雕的悠久传统，但具有现代意义的雕塑教育起步较晚。史料可考最早的雕塑系，应该是

1924年刘海粟在上海私立美术专科学校设立的。1949年以前，中国雕塑教育主要走的是法国模式。一批留学过法国的艺术家如李金发、刘开渠等人受聘到雕塑系开设课程，这代人为中国近现代的雕塑奠定了现实主义的基础。1950年代全盘接受苏联文艺的新方针，则几乎颠覆了原来的教育理念。

大体来说，中国雕塑接受苏联影响的源头事件主要有两个：1950年代派遣留学生赴苏联留学；以及雕塑家克林杜霍夫受文化部邀请，于1956到1958年在中央美院开设面向全国从事雕塑创作的青年艺术工作者的雕塑训练班。

选派留学生赴苏联学习雕塑，是公费出国留学热潮的组成部分。考虑到国家经济状况，选拔出来的公费留学学员非常少，从1953年直到中苏关系破裂，仅有五名学生得到了国家资助在列宾美术学院学习雕塑。他们全部来自中央美术学院，机会难得，对他们的资格审查也格外严格。

苏联的雕塑教育模式非常严格和系统。最终进入到列宾美术学院学习雕塑的五名学生里，只有钱绍武、董祖诒完成了六年的学习任务，其余学生或只完成了三年的进修，或者因为中苏关系破裂而提前回国。这批学生回国后，都留在了中央美院担任雕塑系教师，列宾美院系统的教育，也影响了日后中央美院雕塑系教育模式的形成。

与出国留学相比，克林杜霍夫的雕塑训练班虽然时间更短，但波及的范围更加广泛，因此影响也更大。来参加训练班的多为各地的美术学校教师，共计二十三人，他们接受了苏联雕塑教育学派"浓缩型"的教育，两年后又分散在中央美院、中国美院、鲁迅美院、广州美院、西安美院以及上海美专等各地的美术院校，真正将苏联雕塑模式播散开来。

同时，苏联雕塑教育体系的引入，还使得中国雕塑教育的法国传统失去了原来的地位，一度沦落到岌岌可危的境地。由于"一边倒"的大环境，学生对艺术风格的评价也掺杂了意识形态因素。不少学生轻视法国雕塑模式，对于留法背景的老师上课也有些排斥。他们认为法国的雕塑风格是资本主义的，听课的时候要有针对性地鉴别，要学习他们的方法，而提防他们的思想观念"毒害"。

相反，苏联的艺术因为来自社会主义阵营，表现的是鲜活的社会生活画面，因此是先进的、革命的艺术方向，应该坚决拥护。这种看法在当时的中国十分盛行，是到中苏关系破裂之前文化艺术界的突出特点。

走向苏联模式：从"工农联盟"到"工农兵阵线"

在赴苏联留学和参加训练班之前，中国的雕塑家们对苏联雕塑的了解，主要来自美术杂志的介绍。直到1954年，大部分人才亲身感受到苏联雕塑震撼人心的力量。这一年，"苏联经济及文化建设成就展览"在北京、广州先后展出，其中就有穆希娜的《工人与集体农庄女庄员》雕塑。

在苏联教育模式下成长的中国雕塑家们，无疑继承了他们导师的自然主义、现实主义的美学观点。如训练班的学员傅天仇为人民英雄纪念碑创作的《武昌起义浮雕》，明显有苏联纪念性雕塑的痕迹。学员凌春德和傅天仇合作完成的《工农兵雕像》（即北京电影制片厂的片头雕塑），人物造型充满立体感，线条和轮廓都与苏联雕塑一脉相承，令人想到穆希娜的作品。

以工农形象为代表的苏联纪念性雕塑，之所以在中国雕塑界引发共鸣，与当时社会政治塑造自我形象的需要是分不开的。无论是临近"文革"时以百人泥塑《收租院》为代表的阶级斗争系列群像，还是"文革"开始前几年蔚然成风的领袖塑像，以及1970年代各地公园流行的"工农兵"雕塑，都是这种需要的具体反映。

不过，苏联的雕塑强调的是工人阶级和农民阶级联盟，到了中国则演化为"工农兵"三种阶级的阵线，形成了中国特有的政治话语。"工农兵"是中国1950年代直到"文革"结束，使用最广泛的词语。和"地富反坏右"相比，这三个阶级代表的是最彻底的无产阶级，是政治斗争的先锋力量。

1955年发行的第二套人民币，曾以"工农像"作为十元面额纸币的主要图像。在1962年发行的第三套人民币中，代表农民和工人的女拖拉机手、钢铁工人、纺织工人，又分别出现在不同的人民币票面上，十元的纸币则以"工农兵大团结"为主题头像。

1970年代的工农兵雕塑，主要集中在全国各地的城市公园里。如今天的武汉、石家庄、邯郸、温州、咸阳等地，还耸立着不同形态的工农兵雕塑。雕塑传达的平民阶级立场，和公园具有的大众性相得益彰，起到了很好的宣传教育效果。

"文革"时期，这种具有明显宣传作用的工农兵群像，还出现在曾广受欢迎的新式年画上。当时普通家庭一般都会在墙上张贴表现工农业劳动和建设成就、军民互帮互助等场面的画像，这些年画色彩鲜艳，人物形象昂扬向上，红扑扑的鹅蛋脸是最典型的特征。工农兵宣传画一直到1980年代初期才从普通百姓家的墙上消失，取代它们的是港台明星的大幅海报。

工农兵雕塑同样面临着被遗弃的命运。尽管今天我们在电影片头仍然可以看到工农兵的形象，甚至在某些主题旅游项目中，偶尔也能看到工农兵打扮的景区人员，但他们作为一种"奇观"而存在，早已失去了原来的表意功能。原来耸立于各大公园的工农兵雕塑，一度被爱国主义教育的革命英烈塑像取代，如今又换成了抽象风格的现代雕塑。在日新月异的今天，似乎不存在任何形式的不朽，即便是用大理石和金属材料雕刻的思想理念。

（原文发表于《凤凰周刊》2020年9月上）

电影只为真实：
回顾苏联新潮纪录片《持摄影机的人》

荷兰阿姆斯特丹，2021年10月中旬举办了一次国际纪录片电影展。其间最重要的事件，是先前遗失的纪录片《国内革命的历史》（1921）被成功修复，时隔一百年后在影展上首映。伴随展映，这部纪录片的导演吉加·维尔托夫又重新获得关注。当然，文化界谈论最多的，还是他那部载誉影史的纪录片《持摄影机的人》。

维尔托夫同时代的批评家，曾经在文章中这样描述他在拍摄《持摄影机的人》时的冒险：他曾经躺在火车轮子底下拍摄，并因此导致铁路站点的工作中断了好几个小时。当火车司机看到身形瘦小的维尔托夫仰面躺在两道铁轨中间，脸都吓白了，而导演本人则高声叫喊着鼓励他们，邀请他们从自己身上轧过去……

对于自己喜爱的电影事业，维尔托夫曾经花费大量精力钻研。他贡献过不少电影拍摄的理论和技巧,最有名的是"电影眼"理论,针对的是电影的"真实"问题。1995年,以丹麦导演拉斯·冯·提尔为首的一批导演曾经发起过一场"道格玛95"运动,目的也是探讨电影的"真实感"。运动成员一致认为,吉加·维尔托夫是他们的导师,因为他在六十多年前,就已经对镜头的"真实"提出了十分深刻的观点。

向一切"虚假"宣战

很早的时候,维尔托夫就开始为"真理"站台,致力于同各种各样的迷信或"非真理"做斗争。青少年时代,他的书商父亲就把他送到了彼得格勒神经心理学院学习。在这里,他深受科学主义的感召,对一切虚假的东西都深恶痛绝。转向电影领域以后,这种观念被进一步加深了。

1920年代的世界电影,还处在各种规则尚未确立的早期。尽管法国的卢米埃尔兄弟以记录性的镜头为电影奠定了基础,但在维尔托夫的周围,那些故事片才是电影市场的主流。维尔托夫非常看不惯人们对故事片的推崇,在他看来,真实的内容比杜撰的剧情有趣得多。他甚至在"电影眼"小组的宣言里称,将来世界上不会再有故事片、音乐剧、西部片,那些复杂的布景和特技也都会消失,剩下的只有现实,包括摄影机、摄影师和剪辑师。

1919年，年轻的维尔托夫参与制作了短片《圣谢尔盖遗骨的曝光》。这部影片暗合了革命以后，俄国社会内部出现的质疑宗教的思潮。在这部影片里，牧师被迫打开装有圣谢尔盖遗骸的方舟。在东正教看来，圣谢尔盖是圣徒，他的尸体自然是不容易腐烂的。但这部类似于"打假"的影片显示，方舟里只有骨头和灰尘。为了达到教育人的目的，维尔托夫和他的同行们在影片中插入了字幕，毫不留情地抨击和揭露了宗教的某些欺骗性。

维尔托夫对真实的追求，也与当时苏维埃对电影的宣传和教育功能的强化有关系。1922年，维尔托夫和他的团队接受了政府交给他的一项任务，制作一系列新闻片，以传播知识、宣传苏维埃政治政策为主要目的。此后的几年里，他完成了《国家电影日历》（1923—1925）和《电影真理报》（1922—1925）两种新闻作品。但求真务实的作风有时候让他显得过于"较真"，譬如1936年8月的假期，维尔托夫关注起了托洛茨基和季诺维也夫的公审，希望通过努力，找到事情的真相。

大概也因为这种耿直的个性，促使维尔托夫一步步走向了纪录片的拍摄。1938到1939年间，他仔细地研读了狄德罗的文章《演员的自我矛盾》。这篇剖析演员的职业素养与人性本质的文字，使他联想到几年前目睹的一位默片演员的拍摄过程。在剧中，那位演员扮演了一个痛苦的人。镜头面前，这位演员的身体和脸因为痛苦被强烈扭曲，而与此同时，他却在和那些看他的人开玩笑。维尔托夫忘不掉这个场景，他写道："他的大脑可以随便跟人讲趣事。当然，他的这种自我分裂让我觉得很恐怖。"

在后来的日记中，维尔托夫又多次对这种表里不一的人表达了憎恶的态度。在他看来，要抵达影像上的真实，唯有通过拍摄纪录片。他对于卢米埃尔兄弟在这个领域所做的工作十分推崇，《工厂大门》《火车进站》等等影片被他奉为经典。大学时，维尔托夫深受马雅可夫斯基等未来主义诗人的影响。曾经有评论家指出：未来主义的宣言《给社会趣味一记耳光》提到过，要把普希金、果戈里、陀思妥耶夫斯基从现代主义的轮船上扔下去。如果让维尔托夫起草一个类似的宣言，大概除了卢米埃尔兄弟，其他人都会被他从现代电影的轮船上扔下去。

拍摄新闻纪录片的经验，让维尔托夫对于"真实"的追求更加迫切。1920年代，他形成了自己的"电影眼"理论，并和自己的弟弟以及未来的妻子等组成了"电影眼"小组。他的"电影眼"理论核心点在于：电影应该像人的眼睛一样，客观记录周围的生活。维尔托夫坚持认为，由于摄影机的镜头具有捕获"真实"的功能，能够超越人类生理的局限，因此比人眼具有天然的优越性和更大的完善潜力。

那到底该怎样运用这种理论拍摄出"真实"的电影呢？维尔托夫的看法是："隐秘的观察，隐藏的拍摄，模拟摄影机，超敏感的红外线胶片，特别的镜头……只有面具被摘下后，拍摄才能成为电影眼拍摄。"今天看来，能够为他的这种理论做出证明的，应该是他的经典代表作《持摄影机的人》。

真实的极致：没有剧本和提纲的拍摄

尽管如今的资料显示，《持摄影机的人》完成于1929年，但维尔托夫的素材收集工作在1926年就已经开始了。那个时候，他正在拍摄另一部电影《世界的六分之一》。这其实也是一部受委托而拍摄的向海外宣传苏联的影片，由于经费上的问题，拍摄进行得很不顺利，他被指责浪费了大量的胶卷，拍摄毫无意义的废料。并且，由于他坚持电影拍摄不应该有剧本提纲，而电影审查者们又需要这个来完成规定动作，随后，他被解雇，不得不搬迁到乌克兰的基辅电影制片厂。

《持摄影机的人》是他在乌克兰拍摄的几部电影之一。这部电影仍然遵循了他一贯的作风：没有剧本，没有道具和布景，他只相信自己对电影内部结构的理解。影片的灵感与苏联轰轰烈烈的社会生产和建设有关，这也从一个侧面反映了维尔托夫对"未来主义"的向往。他希望拍摄一部现代都市生活的纪录片，以展现苏联现代化的生活流，记录工业文明具有的美感。

事实上，这种题材也并不是维尔托夫的首创，当时全世界都在为一种新的生活模式欢欣鼓舞。1927年，德国导演瓦尔塔·鲁特曼拍摄了《柏林——城市交响曲》，维尔托夫紧随其后。1930年，法国导演让·维果也受启发而拍摄了《尼斯印象》，这部电影的摄影师正是维尔托夫的另一个弟弟鲍里斯·考夫曼。

为了表现都市奇特的现代性体验，维尔托夫选取了苏联的几个城市莫斯科、基辅、敖德萨、沃尔霍夫、雅尔塔等作为拍摄对象。在拍摄内容的选择上，维尔托夫几乎没有设置任何限制，他希望呈现城市生活所有的细节，认为这样才能算是捕捉到了日常生活里原汁原味的部分。而且，这些素材的顺序也没有任何编码设置，为的就是打破情节的线性因果关系，而不是大众已经习惯看到的影像那样。不过，拍摄完毕以后，如何从成千上万的片段中进行挑选和组接，就成了维尔托夫的妻子伊利扎维塔·斯维洛娃要面临的工作。

让我们设想一下维尔托夫的剪辑室有多凌乱：那些被拍摄的所有片段被随机编了号码，分散放置在操作架上。接着，他们开始剪辑那些短小的片段，如"市场""工厂""城市的移动"等等。等完成了这些工作，就需要将分散的小主题对接，这时他们想出一些衔接的句子，以便于将情绪传达出来。这个阶段的工作同样是由一些独立的片段完成的。此时的工作台上，有太多太多这样的片段，而维尔托夫这个家庭作坊式的团队中，剪辑师只有斯维洛娃。不过，那个时候的电影剪辑工作和今天相比，虽然繁重，却相当自由。试想在"时间就是金钱"的今天，有几个导演可以资金充裕到如此程度，任由剪辑师一连好几个月精细打磨，只为剪辑一部影片。

今天的研究者普遍认为,维尔托夫是最早的"影视人类学"代表导演之一。从《持摄影机的人》中,我们可以看到年轻的苏维埃是怎样组织现代化的都市生活的。从清晨直到日落时分,苏联的公民在工作、休闲、驾驶汽车与马车、生育、离婚和结婚,城市里发生的一切都被事无巨细地记录了下来。

如今我们再看这些镜头,仍然会激动不已,维尔托夫用摄影机镜头,重新发现了"人"的地位。人们在创造生活的节奏,他们自己成了新时代的象征。整部影片没有字幕和解说,并且,为了彻底贯彻自己对"真实"的追求,他要求电影在上映时,不要有任何配乐,他称自己已经通过剪辑,创造出了一部"音乐作品"。因此,我们现在看到的配乐版本,应该算是经过了改造的"半真实作品"。

何谓"真实"?导演的自我矛盾

维尔托夫曾经在宣言《我们》中称:"我们只会拍摄事实,然后通过屏幕,将它们导入到劳动者的意识之中。我们认为,解释世界是什么样子的,就是我们的任务。"但在拍摄《持摄影机的人》时,为了体现都市生活的沸腾场面和机器文明的节奏之美,维尔托夫团队在拍摄和剪辑时都做了不少变形:斜角镜头、定格镜头、二次、三次和四次曝光、特技效果、超大的特写镜头等,很多尝试在电影史上都属于首创,其中的视觉冲击力影响了不少苏联先锋电影学派的导演。显然，真正的肉眼可能永远也没机会获得影片里的感受。这不禁使人产生疑问，依靠特殊的拍摄和剪辑手法完成的作品，可以算是一部完全客观真实的作品吗？

还有一种反对的声音，认为维尔托夫在思想上是坚定的信仰者，他制作的《电影真理报》，便有其鲜明的政治立场。他拍摄的歌颂城市建设的《持摄影机的人》，包含了对未来城市的理想化描述，其目的是唤醒苏联人的国家自豪感，鼓舞他们投身于电气化、现代化等事业中去。这种拍摄不是赤裸裸的宣传鼓动，但落实到了一笔一画的细节中。

制作过程的客观性，同样有待商榷。有批评家说，维尔托夫很善于哄骗观众，尽管他每到一个地方都会宣称，自己和弟弟米哈伊尔·考夫曼做到了不被周围人注意，事实上，完全的"不介入生活"在当时其实很难。考夫曼辩解说，他的确没有请求人们有意在镜头前面做这样那样的动作，但事实上，镜头里的人知道他们在被拍摄，并且有时还会感到一丝不自在。

例如，米哈伊尔·考夫曼有时候会在大早上叫醒人们，只是为了强行到人家的阳台，因为从那个地方可以清楚拍摄到相邻的广场。这种选定特定机位的拍摄原则一直到今天还在被使用。不管纪录片导演怎样让你相信，这一切都是"以一个天真的孩子的目光"拍摄下来的，但我们可以从每个导演那里找到他的狡猾之处，而在观众面前，他是绝对不会展现这些的。

这样的一部先锋性质的电影，注定不会使那些看惯了故事片和西部片的苏联观众满意。尽管维尔托夫事先在报纸上做了充分的"预警"，强调这是一个"实验"，但现场观众挠着自己的后脑勺一言不发，已经说明了一切。不少人抱怨，电影的剪辑节奏让人目不暇接，画面的切换速度是正常人的思考能力的三四倍。《纽约时报》则这样批评道："制片人吉加·维尔托夫没有注意到这样一个事实，人眼只能接受某个数量的镜头。这里的镜头数量让人觉得不可思议。"

如今早已经适应了镜头切换速度的观众，读到这些评价会觉得荒唐可笑，但在当时，这些评价已经给这部电影判了死刑。电影很快便被撤档，这几乎是维尔托夫所有电影都遭受到的命运。他在那几年接连拍摄了《世界的六分之一》《持摄影机的人》《热情：顿巴斯交响曲》这些举世闻名的作品，但在正值创作盛年时被官方的电影部门"开除"，在人生后来的十几年中被整个电影界遗忘。

而在他去世以后的1960年代，法国的"新浪潮"代表导演们如戈达尔、特吕弗，都称他为自己的老师。在这之后，苏联电影界才又重新发现了维尔托夫。不过，正像批评家指出的那样，时代变了，维尔托夫的火炬没有人可以接得住，因为再也没有哪个导演像他那样坚定不移，为了捍卫"真实"付出所有。

（原文发表于《凤凰周刊》2022年1月上）

吉加·维尔托夫,或"电影共产主义"

他总被认为是一个拍摄政治宣传片的导演。尽管也有不少人提出,他的作品远远超出了"政治"可以框定的范围。而他本人所理解的"宣传工作"则和我们都不一样——他把自己信仰的"共产主义",看作是"人道主义"的近义词。当他架起摄影机,他满腔涌动着纯粹的热爱——对电影事业的爱,对人民的爱,以及对共产主义理想的爱。

其实他自己也很渴望能够被同样热爱。他曾经说,"我是个活人。对我来说,能够被爱是必不可少的。"只是,在他那个时代,他从自己的信仰里获得的"爱"的回馈,并不算太多。

1896年,维尔托夫刚刚出生时,社会主义思想还没有在别拉斯托克小城(今属波兰)形成蔚然之势,而他的名字也还只是普普通通的犹太名字"大卫"。和周围同龄的孩子相比,大卫显得平平无奇,除了有一点特殊的爱好:收集各种声音。无论是锯木厂的轰隆声、蒸汽机车的汽笛声，还是马蹄声、口哨声、钟声、甚至接吻的声音、房间里的谈话声、清脆的破碎声、树林里的沙沙声……他执拗地想把这些声音记录下来，把不悦耳的噪音变成某种有节奏的序列。

在小县城里做书商的父亲为后来成为著名导演、摄影师的三个儿子提供了优渥的生活条件，并早早地为他们做好了打算：去俄罗斯的大城市接受正统教育。为了在不时爆发的犹太人人屠杀中保护自己，入学后的大卫·考夫曼便拥有了一个俄罗斯人的名字：杰尼斯·阿尔卡季耶维奇·考夫曼。

不过这个名字也只是过渡。1914年，在他就读彼得格勒的神经心理学院的时候，他又为自己重新想了一个化名：吉加·维尔托夫，那是波兰语"陀螺"和俄语"旋转"的组合。当时俄国已经陷入风起云涌的革命风暴之中，维尔托夫在1918年离开彼得格勒，辗转到了莫斯科大学学习法律，但这个旋转的陀螺怎么可能在激荡的环境里专心研读古罗马的法律，不久他便选择了辍学。少年时代铁马冰河的念头又重新被唤醒了：十来岁的时候，他就尝试过创作关于墨西哥革命的惊险小说，并写作了十来首政治诗，嘲笑保守派政权。

革命是否选择了他，并不是一个可以明确回答的问题；但可以肯定的是，他主动选择了革命，并且在以后的岁月里义无反顾地拥抱了它。1918年，在中学好友的帮助下，他成了莫斯科电影委员会新闻纪录片部的办事员。二十二岁的他负责新闻片《电影周刊》的胶片登记和剪辑工作,并且在几个月后,利用这些素材和自己的拍摄,剪辑制作了电影处女作《革命纪念日》。

这是一部纪念革命胜利一周年的应时之作,面向的对象是广袤的苏联大地上每一处的人民。为了在最短的时间里完成四十份电影拷贝,在一周多的时间里,维尔托夫被革命的激情鼓舞,昼夜不停地工作。在这部后来遗失、2017年被最终找到并修复的影片里,1917至1918年间俄国发生的所有重大政治事件,如二月革命、临时政府的建立、十月革命的原况、布列斯特协约等等,都被囊括其中。

随后的几年,维尔托夫带着影片跟随苏联的宣传专列,到全国各地放映影片。也因为他的这部影片,许多偏远地区的人们第一次看到了列宁、托洛茨基、科伦斯基这些国家领袖的面孔。

他是一个好恶极其分明的人,对于自己认同的价值观念,他愿意投入过分的热情。校园里接受的唯物主义教育,以及他的工作内容和性质,所有背景经历都推着他朝着一条路越走越远,在那条路上,点缀着我们经常见到的一些词语,比如"科学""真理"。1919年,他参与制作了一个短片《圣谢尔盖遗骨的曝光》。揭露宗教的"恶行",宣传无神论的思想,这是那个时代最主流的观点,维尔托夫渴望做第一批"掘墓人"。在影像中,牧师在民众的强烈要求下,被迫打开装有圣谢尔盖遗骸的方舟——东正教认为它是不会腐烂的，而方舟里只有骨头和灰尘。维尔托夫和同行们在影片中插入大量的字幕，用来强化宗教欺骗性的一面。

纪录片的拍摄和制作并非总是顺风顺水，偶尔会有一些小插曲，让他从中汲取教训。就在他已经在组接和剪辑影片上小有成就的时候，有一天，他萌生了一点个人主义的念头，在一部电影的字幕中，嵌入了一个小小的"维尔托夫"，没想到招来严厉的批评。前辈们的话给他上了沉痛的一课：纪录片是不可能有导演的，统领拍摄的是现实。

这件事或许暗中启发了他此后的拍摄观念，立足于"真实"的拍摄，在他心里深深地扎下了根。1922年，维尔托夫成立了一个名为"电影眼"的小组，加入者有伊万·别利亚科夫、亚历山大·列姆别尔克、伊利亚·科帕林等等。不久，他那个从军队回来的弟弟米哈伊尔·考夫曼也加入了小组。同样在后期加入小组的，还有伊利扎维塔·斯维洛娃，吉加的第二任妻子和一生的战友。

从1922年到1924年，"电影眼"小组一共为《电影真理报》拍摄了二十二部讲述城市和农村日常生活的纪录短片。在米哈伊尔·考夫曼的回忆中，维尔托夫对小组的成员提出的要求是十分明确的：不允许他们在拍摄时做任何杜撰，真实，能够进入镜头的，只能是真实。一个电影镜头能够展示的东西是有限的，要想增加更多内容，必须让镜头像讲故事的人那样，将内在的故事娓娓道来。他开始在电影史上,史无前例地思索电影语言的特性,就像小时候思考声音的特性那样。这一切都导向了一点:"要学会直接记录下生活中的一切现象,同时不丢掉生活的真理。"

究竟什么样的镜头语言,才算是代表了生活的真实性呢?很早的时候,他就对那些虚假构造的故事充满了敌意。在他看来,追求讲述扣人心弦故事的好莱坞电影简直就像花瓶里的假花一样令人作呕,那些侦探电影、音乐剧、西部片,那些复杂的布景和特技将来都会消失,故事片会消失,而真实的内容比杜撰的剧情要有趣得多,吸引人得多。他甚至言之凿凿地宣称,将来世界上不会再有故事片,剩下的只有现实、摄影机、摄影师和剪辑师。

> 电影眼人感谢美国的冒险电影,那种装出来的乐天派影片,以及由美国平克顿式侦探故事改编的电影——感谢它们迅速切换的图像以及特写镜头。它们很好,但是杂乱无章,不是建立在精确研究运动的基础之上。它们比心理戏剧高一个台阶,但还是缺少根基。陈词滥调。对拷贝的拷贝。
>
> 我们宣布那些老影片、冒险电影、被改编的电影等等——统统都患上了麻风病。
>
> 不要靠近它们!

不要用眼睛去看它们!

它们危及生命!

会传染。

我们通过否定电影艺术的现在,来确认它的将来。

对于电影艺术生活来说,"电影"必须死亡。我们呼吁它赶快死亡。

在这篇1922年起草的类似于小组宣言的《我们》中,维尔托夫对故事性和影像之间的逻辑联系嗤之以鼻,毫不犹豫地站在了故事片的对立面。而为了实现他所追求的这种"真实"效果,他对心目中的理想电影提出了几条近乎变态的构想:开拍前不写提纲,制作时不设置字幕,不使用任何演员,他甚至不希望电影像惯常的默片一样,在放映时由台上的乐队提供伴奏。不,所有这些都是对"真实感"的破坏,他坚信,新闻纪录片不能根据文学家的剧本来指导生活。

"真实"是那个时代急需被记录的东西。成长阶段的苏维埃需要维尔托夫,这样才能把国境之内这些鲜活的变化记录下来,为社会主义建设留下证明,才能更好地宣传共产主义的理想,实现鼓舞人、教育人的目的。而维尔托夫不辱使命——他实在是太热爱新的政权和他们宣称的理想观念了!凭借着对苏维埃政治孩童般的好奇和热情,他拍摄了《列宁的电影真理报》(1924)、《世界的六分之一》(1926)、《热情:顿巴斯交响曲》(1931)、《列宁的三支歌》(1934)等作品。他像一个执拗的陀螺，超额完成了政治宣传员的任务。不过，借助纪录片这种体裁，把电影语言打造成一种无须翻译（甚至无须任何字幕）的世界性语言，这本身就有其吊诡之处：倘若影像真的没有国界，那操作这种语言的人是否有他的祖国？

像其他几部影片一样，《世界的六分之一》也是受委托拍摄，目的是宣传苏联不同地区出口的农产品。经费上的捉襟见肘日益凸显，拍摄进行得很不顺利，他被指责浪费了大量的胶片，拍摄出毫无意义的废料。并且，由于他拒绝提供电影拍摄的剧本提纲，而审查者们又需要这个来完成规定动作，争执无果，他最终被解雇，不得不来到位于乌克兰的基辅电影厂。

从苏联的心脏离开，让这位骄傲的导演很是失落。不过事实证明，基辅后来竟然成了他创作上的福地，好几部最重要影片都是在这里诞生。最引人注目的，便是那部《持摄影机的人》(1929)。

这部电影仍然遵循了他一贯的作风：没有剧本，没有道具和布景，他只相信自己对电影内部结构的理解。影片的灵感与苏联轰轰烈烈的社会生产和建设有关，这也从一个侧面反映了维尔托夫对"未来主义"的向往。那个时候，他对马雅可夫斯基等人的"未来主义"创作怀着浓厚的兴趣，作为电影导演，他希望拍摄一部现代都市生活的纪录片，以展现苏联现代化的生活流，记录工业文明具有的美感。

事实上，这种题材也并不是维尔托夫的首创，当时全世界都在为一种新的生活模式欢欣鼓舞，试图用摄影机记录下来。1927年，德国导演瓦尔塔·鲁特曼拍摄了《柏林——城市交响曲》，维尔托夫紧随其后（也有批评认为维尔托夫拾人牙慧，但他以自己早期的新闻片为证，说明这些风格早已成形。后来，鲁特曼也在其他的场合证明了自己曾受到维尔托夫新闻作品的启发）。1930年，法国导演让·维果也受到启发拍摄了《尼斯印象》，而这部电影的摄影师，正是维尔托夫的另一个弟弟鲍里斯·考夫曼。

为了表现大都市喧嚣、流动、眩晕的现代性体验，维尔托夫选取了苏联的几个城市莫斯科、基辅、敖德萨、沃尔霍夫、雅尔塔等作为拍摄对象。拍摄的内容没有任何限制，他希望呈现城市生活所有的细节，认为这样才能算是捕捉到了日常生活里原汁原味的部分。而且，这些素材的顺序也没有任何编码设置，为的就是打破情节的线性因果关系，而不是像大众已经习惯看到的影像那样。不过，面对一大堆的素材，如何从成千上万的片段中进行挑选和组接，就成了伊利扎维塔·斯维洛娃要面临的工作。

那些被拍摄的所有片段被随机编了号码，分散放置在操作架上。他们先是剪辑那些短小的单元，比如"市场""工厂""城市的移动"等等。等完成了这些工作，就需要将分散的小主题对接，这时他们想出一些衔接的句子，以便于将情绪传达出来。靠着勤勉和天分，斯维洛娃在操作台上一连几个月地劳作。这个女人在此后的艰难岁月里，成了维尔托夫最忠实的伴侣，而她加入"电影眼"小组填写的申请表，似乎预示了两人的"革命情谊"关系："我知道，不靠演员，仅凭新闻纪录片来做出吸引人眼球的东西是很难的，在目前的状况下这几乎是不可能的。但我还是会和您一起，为反抗迫害而战斗，和您一起手挽手，走向那或许遥远，但必将到来的胜利。"

今天的研究者普遍认为，维尔托夫是最早的"影视人类学"代表导演之一。《持摄影机的人》展示了年轻的苏维埃是怎样组织现代化的都市生活。从清晨直到日落时分，苏联的公民在工作、休闲、驾驶汽车或马车、生育、离婚和结婚，城市里发生的一切都被事无巨细地记录了下来。并且，这种记录不是简单地复刻，维尔托夫受到未来主义热衷于表现机械节奏和动力形象的影响，改变了传统电影每秒十六到十七格的摄影速率，又采用了升降格摄影、动画摄影、显微摄影、放大摄影、倒摄和移动摄影等特效拍摄，并且，他还特意让摄像机进入镜头，似乎为了展示这只比肉眼更加优越的"电影眼"。

这样的影像，还算是一种真实吗？也许可以说，任性的维尔托夫利用现实材料创造出了一个电影镜头之外并不存在的真实，这是一种只能依靠导演的主观观察才存在的电影真理。

那些镜头在今天看来，仍然令人激动不已。马列维奇惊讶地发现，影片的镜头元素来自于立体未来主义原则。而德勒兹则对其中反映的"人"与"机器"的关系感兴趣。他说，问题不在于，导演以机器来类比人群，更确切地说，他将"心脏"分给了机器——在维尔托夫看来，它们"敲打着，抖动着，跳跃着，将闪电射向四方"，而人也可以做这些，的确如此，以另一种的动作，在另一些条件之下，但每次都是在彼此相互协作的前提下。而另一位哲学家朗西埃的评价就更为拔高，他把《持摄影机的人》和"电影共产主义"进行了并置："社会主义建设的运动与所有这些运动形成的交响乐是一致的，生活只能表达同样的张力，电影就像一种共产主义的即时实现，这种共产主义只是由各种运动和张力之间的关系组成……电影因此已远不只是一种艺术，它是共产主义现代世界的乌托邦。"

并不是所有人都能理解维尔托夫的先锋之处。尽管他事先在报纸上做了充分的"预警"，强调这是一个"实验"，但现场观众挠着自己的后脑勺一言不发，已经说明了一切。爱森斯坦对自己的同行把一部电影剪得稀碎，却没能实现引导观众情绪的效果，表示了不屑，而《纽约时报》则这样批评："制片人吉加·维尔托夫没有注意到这样一个事实，人眼只能接受某个数量的镜头。这里的镜头数量让人觉得不可思议。"

实在是可笑。如今早已经适应了镜头切换速度的观众，读到这些评价会立刻指出其中的荒唐；但在当时，这些评价已经给这部电影判了死刑。电影很快便被撤档，而"撤档"，几乎是维尔托夫所有电影都遭受到的命运。1931年，《热情：顿巴斯交响曲》经过了重重的审查，最终却没能在电影院久留，尽管有卓别林的盛赞加持，周围更多的声音却是批评，称影片"不是交响曲，而是噪声合集"。

这部电影的败北，表面上看，与苏联电影产业的改革有关，影院的设备没能为维尔托夫这部严重依赖配乐的电影提供有利条件；而更为深层的原因，是30年代开始社会主义现实主义风格影片的兴盛，占据了先锋电影的位置。一个时代结束了。1930年，马雅可夫斯基用一把手枪结束了生命。一直心怀仰慕，却没有机会与之交往的维尔托夫写道，"我感觉，自杀的那个人是我。"

1934年拍摄的《关于列宁的三支歌》多少让他找回了一些自信。像列宁刚逝世时，拍摄的《列宁的电影真理报》那样，这部电影是为了表达他对领袖诚挚的崇敬之情，他出色地捕捉到了环绕在列宁周围的神话般的气氛。电影放映后，无论是上级官员，还是民众都给出了肯定的反馈。尽管1935年，他还曾被斯大林授予红星勋章，但这也并没有为他的生活带来多少实质性的改变，或许还在冥冥之中，暗藏了一种危机。

果然，三年后，他拍摄的关于另一位领袖斯大林的电影《摇篮曲》在上映五天之后，再次被无故撤档。电影的情节在今天看来有些匪夷所思：一个土库曼女人在哄女儿入睡，嘴里哼着一首悲伤的《摇篮曲》。歌曲讲述一个十一岁的女孩被恶霸老头凌辱后，沦为妓女。维尔托夫想要呈现一个纯粹女性的世界，但实际拍摄中却出现了伟大的"父亲"。影片的隐喻简直可以被称为"明喻"：女人们跨越大山大河，历经千难万险，只为了来到莫斯科，同"最英明、最公正"的斯大林见面。而在一些女人见到领袖以后，画面切换到精液的喷射镜头。接着，便是女人们满怀幸福的喜悦，相互传递新生的婴儿……

那时的维尔托夫还不知道，这些镜头意味着什么，因为他剪辑这些内容时，内心充盈着真诚的赞美。与斯大林相见的一幕实际上来自于全苏妇女大会，当时镜头里除了斯大林，还有其他男性领导，只不过在电影制作时，大部分的领导人物已经成了人民敌人，只能全部剪掉。影片公映不久，主管电影产业的鲍里斯·舒米亚斯基就遭到了枪决，而维尔托夫同样遭受重创。他虽然还在忙其他的"订单"，忙着拍摄新闻纪录片和年鉴，但事实上，凡是他剪辑的内容都被否定，接着被重新制作，事实上他的工作已经完全陷入了瘫痪。

"有人不喜欢你！"一天，来自电影部门的某个领导对维尔托夫说了这样一句话。他在日记中，又一次进行了反思："到底是谁不喜欢我呢？党和政府吗？不会。党和政府曾给过我崇高的奖赏。是媒体吗？不会。从《真理报》到国外的媒体都对我做出过最高的赞扬。是大众吗？不会的。大众中间最优秀的代表们——伟大的作家、工人和艺术家等等——都把我捧上天了。到底是谁不喜欢我呢？"

《摇篮曲》之后，维尔托夫就从电影工作者和观众的视野里退出了。从前的工作已经有人接替，即便是他为了靠近摄影机做出让步，写信申请拍摄故事片，得到的也还是拒绝。对方的回复很明确：你是一位优秀的纪录片导演，要改换方向，这一步从根上来说就是错的。

"二战"爆发后，他和妻子被疏散到阿拉木图，制作了新闻纪录片《苏维埃哈萨克斯坦》，也同样得不到放映的机会，拷贝被封存在了仓库；1942年，当他拍摄完记录前线功绩的宣传片《在第一线》，只得到了在少量几家电影院放映的机会。

战争结束后，维尔托夫返回莫斯科，开始在中央纪录片工作室工作。这都是一些过于琐碎而基础的工作。重新拿起摄影机，也不是没有这样的机会。他曾在一次克林姆林宫的活动上，和斯大林同志并肩而行。提出请求似乎不算困难，但他拒绝了朋友的建议。在他看来，领袖有更重要的事情要操心，他不应该拿自己这点小事打扰他。夜深人静时，他对着自己的日记倾诉："我不因自己的幸福而感到幸福，而是为其他人的幸福而欣慰……没有嫉妒，也会轮到我的。"

然而轮到他的，是又一通劈头盖脸的批评。1948年，苏联掀起了一系列以反对世界主义为名的运动。一年后的一场会议上，维尔托夫因《持摄影机的人》遭到批判，因为这部影片试图发展一种国际主义的电影语言，形式大于内容，严重脱离了群众。被赶到角落里的维尔托夫战战兢兢，表示悔过："我的错误在于，将自己在实验室的经验在大屏幕上公开展示……我只能用工作，而不是用语言，证明自己改正了错误。希望集体可以在这一点上帮助我。"

集体并没有给他悔过自新的机会。从那以后，维尔托夫深居简出，埃利达尔·梁赞诺夫回忆，他坚持去一所社会大学聆听马列主义课程。听课是自愿的，以证明自己的忠实可靠。1949年，导演玛丽安娜·塔弗洛克在中央纪录影片工作室实习时，偶然见到一个老头。别人告诉她，这是维尔托夫，她本人非常震惊。她一直以为，维尔托夫早就死了。

而他自己也持相同的看法。有一次，别人问他过得怎样，他回答："请不要为我操心了。吉加·维尔托夫死了。"

最后的那几年，他还会被遥远的电影和痛苦的家事困扰。父母的死成了他的心结。1939年，他和弟弟米哈伊尔·考夫曼曾申请将父母从波兰的别洛斯托克接到莫斯科，但遭到了拒绝。战争期间，他们的父母死在了集中营。没能够挽救父母的生命，让他一直深感自责。

他再也没有机会重操旧业，而两个弟弟却如虎添翼，在各自的电影事业上做出了不错的成绩。只是，从巴黎来到美国好莱坞的弟弟鲍里斯·考夫曼为了在麦卡锡主义盛行的形势下保护自己，在很多年的时间里不得不隐瞒一点：他是电影界传奇吉加·维尔托夫的弟弟。1954年，就在维尔托夫因胃癌逝世的那一年，鲍里斯·考夫曼担纲摄影师的电影《码头风云》一举拿下奥斯卡的八项大奖,以及威尼斯电影节的最佳影片奖。

那些后人给他的荣誉,法国"真实电影"成员的推崇、让-吕克·戈达尔和弗朗索瓦·特吕弗的"认祖"、"道格玛95"成员的鼓与呼,他都听不到了。据米哈伊尔·考夫曼的回忆,哥哥在去世的前几天,曾留给米哈伊尔年幼的儿子一张纸条,上面写了一首诗歌:

> 睡吧,小乖乖,睡吧,我的天使。
> 屏幕上放着——快快入梦乡。
> 吉加伯伯在换药室,
> 会活下来的——不要沮丧。
> 莫非我们会忘掉那个怪人!
> 偶尔我们会说起——
> 从前,有个电影眼,
> 摇晃着我们的甜蜜梦乡。
> 他喊我们去日常生活,喊我们去节日现场。
> 带我们去"电影真理报",那光明的天堂。
> 他曾经是第一,后来落在了最后。
> 打错了算盘,快快入梦乡。

写这些的时候,他大概确实闪过这样的念头:他的小侄子,以后真的会记得这个落在队尾的吉加伯伯吗?毕竟,他是那么渴望被人爱,尽管此时,他已经憔悴不堪,只剩下"一双惊恐的眼睛"和"善良的、腼腆的笑容"。时过境迁,这个"怪人"已经不堪理想的重负,而我们只有借助那些和他同时代的批评家讽刺的笔触,才能大约构想他当年意气风发的样子:

> 这一切和"极目客"(维尔托夫的笔名之一)拍摄电影时在铁路上的寻衅滋事相比,简直微不足道。他把在火车轮子底下的拍摄视为自己的专长。因为这个,他搞得铁路站点的工作不得不中断好几个小时。火车的司机们看到身形瘦小的导演以他最爱的姿势,仰面躺在两道铁轨中间,脸都吓得苍白,慌忙去找制动手刹。但"极目客"高声叫喊着鼓励他们,邀请他们从自己身上轧过去。

日记与广播：大围困中的别尔戈丽茨

1941年8月22日，奥尔加·别尔戈丽茨进入列宁格勒广播委员会文学－戏剧编辑部工作。当时列宁格勒已几乎完全落入德军的包围，陷入慌乱的市民第一次在广播上听到她的声音。如果没有这份工作，别尔戈丽茨很可能会以"二流苏联诗人""安娜·阿赫玛托娃女友"的身份终其一生；但持续八百七十二天的列宁格勒大围困改变了她的命运，她作为"大围困缪斯""围城列宁格勒的希望之声"，进入了"二战"和俄罗斯文学的历史。直到2010年，别尔戈丽茨诞辰百年之际，一本《被囚禁的日记》的出版，才使得这位女诗人从整个大围困的历史中剥离出来，呈现出有血有肉的一面。

别尔戈丽茨1910年出生于一个革命家庭，她的父亲曾作为红军参加过国内战争。像所有接受苏维埃集体主义教育的苏联儿童一样，别尔戈丽茨很早便把自我牺牲和奉献视为人生信条。1923年,十三岁的她在日记中写道:"我希望我的歌声可以传遍四方,愿这些朴素的歌曲可以医治那些疲惫的、劳累不堪的人们,愿所有读到它们的人,都能重新从乐观向上的一面来看待生活……我最渴望得到的不是荣耀,而是给人们一些帮助,发自内心的帮助。"她坚定地拥护共产主义的信仰,甚至当父亲在家中发表对时局的批评言论时,她也在日记中猛烈地批判他短视。她站在主人翁的立场上抨击时政,对各项公共事业都表现出巨大的热情,并时常对自己的思想进行反思。别尔戈丽茨早期的日记,反映出一个标准的"苏联新知识分子"的探索之路。

一般来说,"苏联新知识分子"这一群体指的是成长于苏维埃政权建立之后的政治语境下,认同和践行以集体主义为代表的新道德、新观念的知识分子。尽管没有正式的命名,但这一指称的含义很早就反映在官方公文中。在1939年召开的全苏共产党(布尔什维克)第十八次代表大会上,斯大林宣布了社会主义在苏联的胜利,并使用了一些能够表明社会结构发生根本性更新的材料来印证这一结论。他指出,苏联出现了新的、人民的知识分子,他们对工人和农民阶级表现出友好的态度,总体上拥护智力劳动工作者,并完全地支持工人阶级的理想和目标,尊重共产党的方针政策。而这些方面,正是青年别尔戈丽茨在日记中树立的理想。

这也就不难理解1941年大围困爆发,别尔戈丽茨投入到广播站的工作时，内心会被怎样强烈的战斗情怀充盈。她对法西斯的残暴行径愤慨不已，对列宁格勒市民的遭遇充满同情；同时，面向围城的宣传工作又给她带来无尽的自豪感。1941年9月13日，她在日记里写道："我像只猛兽一样加紧工作，写作'鼓舞精神'的诗歌和文章——并且是发自内心，发自肺腑，这太神奇了！"

如今在圣彼得堡广播大楼的入口，仍然镶嵌着一面别尔戈丽茨的全身铜像。她身材瘦削，嗓音不高却很平稳，说到动情处会嗓音颤抖，这是整个大围困时期，列宁格勒最具有辨识度的声音。由于"德国铁钳"的封锁，超过二百五十万的居民忍受着断电、缺水、停暖、食物匮乏的极端处境（到围困解除时，全市人口已锐减至五十六万人）。对每个饥寒交迫的家庭来说，别尔戈丽茨的嗓音就是他们每天期待的精神食粮。

她几乎每天都会广播，播报的内容有来自前线的报道，也有她自己撰写的评论，或者是她献给大围困的诗歌作品。她通常这样开始自己的播音："同志们，我们度日如年，承受着前所未有的灾难，但是我们没有被忘记，我们不是独自在作战——这就已经是一场胜利。"

事实上，此时的别尔戈丽茨相比在日记中书写理想信念的青少年时代，增加了不少"社会阅历"。斯大林时代的政治高压，以及社会主义建设上出现的负面现象出现在她的日记里，她书写的基调发生了很大变化。1938年，别尔戈丽茨的第一任丈夫、诗人鲍里斯·卡尔尼洛夫因为反革命罪行被枪毙，不久之后，她也被捕入狱，罪行是参与反革命活动，以及蓄谋杀害日丹诺夫。监狱经历在她心中留下了抹不去的阴影，尤其是，入狱前别尔戈丽茨已经怀孕，监狱的恶劣条件以及连续的审讯，导致孩子在腹中便已经死去。因此，在经历了一百七十一天牢狱之灾之后，投入广播事业的别尔戈丽茨并非全然是被苏维埃政权感召的"传声筒"，她的敬业更多地源自甘于奉献的天性，以及被法西斯非人行径激发的保卫家园的义愤。

既要代表"大围困"的普通列宁格勒市民，又要代表苏维埃当局，这让别尔戈丽茨在工作中时常陷入矛盾的境地。前线的不利形势和周围人的遭遇让她对未来充满焦虑，这不可能不影响她的情绪；然而这些情绪不能在广播上流露出来，因此日记成了别尔戈丽茨最大的精神寄托。

1941年12月1日，别尔戈丽茨已经连续三个多月用自己也不确信的前景鼓励列宁格勒市民，她渐渐感到了迷茫："我的写作，我的诗歌，甚至那些不久前让一个军队的指挥员们读完都潸然落泪的文字，对于列宁格勒来说，在重要性上甚至可以说微不足道。它们不会给这座城市换来一块面包，一发子弹，一件武器——而最终起决定作用的，只有这些。要是列宁格勒人不再读我的诗，他们的生活不会有任何改变。"

这一年冬天是20世纪最寒冷的冬天之一，室外温度一度降低到零下三十四摄氏度。11月7日，苏联在德军逼近莫斯科城下时,依然按时组织了红场阅兵,这是历史上最著名的阅兵之一,受阅部队在阅兵结束后直接开赴前线。然而,首都军队的声势浩荡,掩盖不了列宁格勒战区恶劣的形势。德军在封锁所有陆上交通线路的同时,还对城内进行了大规模的轰炸,从而造成了城内的粮食储备被大量消耗。另外,由于气温骤降,热水和暖气中断,大量的列宁格勒市民被冻死家中。人们开始燃烧家具、书籍、木质建筑材料来取暖,从此时的口粮供应标准来看,原本每天可以领取四百克面包的普通工人,在11—12月份降低到了二百五十克,而老人和孩子的份额更是降到了一百二十五克。在这期间,苏联当局开始沿结冰的拉多加湖向列宁格勒运送食物,同时也开始了市民的撤离工作。

12月8日,别尔戈丽茨预感到将会有撤离。她充满期望地在日记中写道:"显然,明天我会被列入(撤离名单),就让我的嗓音最后一次响彻美丽的列宁格勒那些濒死的、被围困的街道吧。这是我能为它做的所有事了,我知道,它也不需要这些……"但很快她就明白自己错了,撤离名单中并没有出现她的名字,她的命运还要和列宁格勒捆绑在一起。随后,在20日的日记里,她的情绪有些低迷:"看来——还要坚持,要工作……是的,要活着,一直到站不起来的时候。要知道情况也还算不差,从12月5日开始,德国人已经不向我们发起炮击了,只是机枪扫射……"

这些心情起伏只出现在别尔戈丽茨的日记中,她从未在广播和自己写的诗歌中,表达过被撤离的愿望。就像她的一首诗歌的名字那样,诗歌的抒情主人公要"与列宁格勒共同呼吸",尽管这里没有充足的食物,没有饮用水,没有取暖的燃料,每天都有人因为饥饿或者法西斯的炮弹而丧命。在公众面前的别尔戈丽茨,是杜绝了一切求生欲念的英勇战士,是与列宁格勒共存亡的保卫者:

> 我至今仍是你的意识。
> 我不会对你有任何隐瞒。
> 我分担你所有的痛苦,
> 就像曾经分享你的庄严。

(《四一年秋天》)

别尔戈丽茨还未从五味杂陈的情绪里走出来,就突然接到了上级的命令——新年临近,要准备一场特殊的晚会。苏联当局希望列宁格勒不惜一切代价,在围困中坚持下来,并保持稳定的社会秩序,"为祖国站岗"。经历着极端恶化的生存环境,列宁格勒市民和前线的战士普遍精神萎靡,急需一针兴奋剂鼓舞士气,而别尔戈丽茨是完成这一"政治订货"的最佳人选。在日记中,别尔戈丽茨详细记述了准备晚会的过程:她坐在自己家中,周围的气温零下四摄氏度,房间里没有供水,她用一件羊皮大衣裹着双腿,手戴一副肮脏的手套,思考着晚会的框架。

　　这场晚会最终取得了空前的成功。12月29日，别尔戈丽茨作为晚会的主人公，向听众们宣读了致围城之外父母的诗歌《发往卡玛的信》。诗歌中，别尔戈丽茨发挥了一贯乐观积极的做派，鼓舞列宁格勒市民不要退缩，要活下来，坚决抵抗，不允许德国法西斯践踏他们神圣的城市。诗歌中最扣人心弦的是最后的几行诗句：

　　　　这是给列宁格勒人的献歌——他们浮肿，执拗，
亲切。
　　　　我以他们的名义，向围困圈之外发送电报：
　　　　"我们活着。我们会挺住。我们会胜利！"

　　这样的诗句带有别尔戈丽茨以及大部分主流大围困诗作的典型特征：以对话的特征取代抒情主人公的独白，以"我们"这一称谓强化大围困状态下的集体身体。它无疑拉近了所有围城居民的内心，使他们受到了极大的鼓舞。据此后的大围困亲历者回忆，这场1942年的新年晚会留给他们很深的印象。而别尔戈丽茨在这之后，收到了列宁格勒市民和前线战士寄来的大量来信，他们对这位女神一般的人物表达了敬仰之情。别尔戈丽茨阅读信件的心情是激动的，她由衷感觉到自己坚守的价值，甚至完全忘记了自身的需求：

> 这的确非常壮观：列宁格勒人，大量的列宁格勒人躺在黑暗、潮湿的角落里，他们的床瑟瑟发抖，他们在黑暗中虚弱无力，无精打采（上天啊，我是多么清楚自己当时失去了动力，没有希望，陷入沮丧时的状态），和世界唯一的联系便是广播，这时候诗句，我的诗句从外面的世界来到这个黑暗的、隔绝的角落，顷刻间，这些角落里饥饿的、绝望的人们变得轻松起来。如果说我能够给他们带来这种快乐的瞬间，即便是转瞬即逝的，即便是虚幻的，那也意味着，我的存在是值得的。（1942 年 5 月 13 日日记）

当局对别尔戈丽茨委以重任，但这也并不意味着，她可以完全按照个人的想法安排广播节目；即便在大围困这样的极端形势下，宣传部门的审查力度也没有丝毫减弱。1941 年的 12 月 5 日，别尔戈丽茨写作了诗歌《与女邻居的交谈》。这首诗以抒情主人公与女邻居达利娅·弗拉西耶夫娜关于大围困的谈心为主要内容，富有感染力。她想要在广播上朗读，但却没有通过审查，直到 1942 年 11 月，苏军在战场上取得了阶段性的胜利，这首诗才被上级同意播放。究其原因，当局认为诗中提到了面包的匮乏问题，会对听众的情绪产生不好的影响。别尔戈丽茨在日记中表达了不满。她这个时候的出发点是完全个人的：作为一个诗人，她认为这首优秀的诗歌不应该受到这样的待遇。

几乎是同样的情形，1942年的1—2月份，在最为艰难的日子里，别尔戈丽茨饱含深情地写出了诗歌《二月日记》。她在日记中评价，这是自己整个战争年代最好的作品。诗歌很快便被送到了斯莫尔尼宫党的审查者那里，最先给出的反馈是：应当立即将该诗歌单独刊印成小册子。然而，当这首诗返还到广播委员会时，上面的批示却是"诗歌太好，以至于需要再进行修改"。别尔戈丽茨对诗歌进行了简单的改动，广播委员会主席 В.А.霍多连科又将它送到市党委宣传委员会书记 Н.Д.舒米洛夫那里审核。2月22日，就在第一百九十五期《广播通讯》节目开始前的十五分钟，从斯莫尔尼向广播委员会发来要求，"撤掉该诗歌"。撤销原因近乎荒诞：不能容许别尔戈丽茨代表整个列宁格勒发声。

> 我们如今在过着两种生活：
> 在围困圈里，在黑暗里，在饥饿中，在悲伤中，
> 我们呼吸着明天的，
> 自由而慷慨的空气，
> 我们已经夺取了这一天。
>
> （《二月日记》）

不过，最终这首气势宏伟的诗歌还是躲过了审查者的严苛目光。1942年7月5日，《共青团真理报》完整地刊载了《二月日记》，没有进行一处删减。别尔戈丽茨长舒了一口气，从她在7月9日的日记中可以看到，对于这样的结果她还是很满意的——"这些诗歌，应当坦率地说，是非常棒的。我在报纸上读着，自己又忍不住激情满怀，眼含热泪。"

别尔戈丽茨长期在这样的环境下从事播音工作，多少还是养成了政治上的自觉。她虽然心有不甘，但依然规规矩矩按照上级审查部门的要求撰写广播稿。与此同时，她更加珍视日记中的那个自我，所有不能向公众表达的"负能量"情绪，她都留在了日记里。有俄罗斯学者指出，别尔戈丽茨习惯了使用"两种符码"写作——面向公共大众的、对国家话语的模仿和复制，以及面向私人空间的独白式写作。这样的策略最大程度上保留了她的个性，同时又保证了她在列宁格勒被围困民众心中的地位，使他们可以从中获得源源不断的生命力。

在她围困期间所有不为人所知的遭遇里，最惨痛的与第二任丈夫尼古拉·莫尔恰诺夫有关。莫尔恰诺夫是一名记者，围困期间身体非常虚弱，1941年12月16日，撤离名单公布后两天，别尔戈丽茨在日记中写道："我们12月14日没有走。从各方面来说，这都要更好一点——我们会累得奄奄一息，而科里卡（尼古拉）没准会死在路上。"1942年1月29日，就在策划完新年晚会之后不久，莫尔恰诺夫因为过度虚弱而死。别尔戈丽茨怀着悲伤的心情，请求医院的人将他埋在壕沟里，"我们在前线，就让他作为一个战士被埋葬吧"。

> 做一个木箱子需要二百五十克面包，挖一个墓穴需要八百克，再用雪橇拉着他走过整座城市，跑到欺负人的政府部门，路过民政局和其他地方——为什么呢？难道他需要这些，还是说这能以某种方式表达出我对他的爱？莫非现在这样做能帮助到他？还不如把这些面包给浮肿的玛露霞，让她能吃点东西，用面包祈祷他安息。
>
> 他会极力支持我这么做的。"我要告诉他这些，"我想了想，做出了决定，"他会支持我的。"（1942年1月30日日记）

从《被囚禁的日记》可以看出，莫尔恰诺夫的去世给别尔戈丽茨带来的阴影始终没有散去。在1942年7月的日记中，她提到自己忘不掉那些大围困中死去的人，那些身影里有她的丈夫，也有曾经在街头偶然遇到，请求她救助的小女孩。但在同时期的广播中，她却从来没有公开提到这些创伤。或者说，她将这些"罪感"体验转化成了具有史诗意义的"苏联人民受难曲"，甚至上升到宗教的层次。譬如1942年11月22日，别尔戈丽茨在广播上读了自己的诗歌《列宁格勒的秋天》，在诗中

将路上遇到的一个抱木板的女人还原成宗教场景,用来取暖的木柴成了十字架的一部分:

> 一名妇女怀抱着木板伫立;
> 阴郁的嘴唇紧闭,
> 那满是钉子的木板——仿佛耶稣受难的一部分,
> 俄罗斯十字架庞大的残余。

事实上,被宗教化的不只是这些搬木板的市民,别尔戈丽茨本人也在这场围困中被封圣,成为统一民间和官方力量的"政治/宗教"符号(在大围困的回忆录中,她曾被人称作人间的"圣母马利亚")。1943年1月8日,当列宁格勒围困最终解除,别尔戈丽茨并没有立即结束广播电台的工作,上级委派她继续工作了几个月,主要负责播报列宁格勒战后如火如荼的建设。

在战后的和平年代,面对一言难尽的现实,别尔戈丽茨选择了长久的沉默。"围困"已经不再是时代的主题,她和她曾引以为傲的历史一起被尘封。直到1975年去世,她出版的作品都很少,更遑论日记,那是与这位公共知识分子的形象最不搭调的部分。如今,在俄罗斯国家文学艺术档案馆保存的别尔戈丽茨档案中,有七十一个笔记本都是日记和札记。在她生前,苏联政府一直将它们作为专门的文件保护,一直到1991年解体后，所有的档案才对外开放。

  2010年，阿兹布卡（Азбука）出版社编选了别尔戈丽茨的部分日记内容，以《被囚禁的日记》为名公开出版，一个不同于广播中的别尔戈丽茨形象才突然出现在读者面前。作为神话一部分的"围城列宁格勒的希望之声"，在历史的深处被重新赋予血肉和呼吸。而那些与主流宣传不同的声音，也正应了她曾经写下的诗句："你聆听那些石头的声音吧，你要知道，谁都不会被忘记，什么都不会被忘记。"

（原文发表于《世界文化》2021年第8期）

影片《门徒》中韦尼阿明的多重身份

俄罗斯电影导演基里尔·谢列布连尼科夫（Кирилл Серебрянников，1969— ）首先是一名舞台剧导演，"果戈理中心"的艺术总监。这些身份在一定程度上使得他的电影作品剥离了具体的现实时空，获得了强烈的舞台效果。无论是2012年的电影《背叛》（Измена）还是2006年的《扮演受害者》（Изображая жертву），这种"抽离感"都非常明显。而2016年的影片《门徒》（Учeник）中的舞台剧痕迹则更加明显。这部电影改编自德国剧作家马里乌斯·冯·迈恩堡的剧本《受难者》，在拍摄成电影之前，谢列布连尼科夫已经多次把该剧作搬上"果戈理中心"的舞台。影片最大的特色也恰恰不是电影镜头构成的故事本身，而是几乎可以凸出于屏幕之外的人物台词，是男主人公背诵《何西阿书》《希伯来书》《哥林多前书》时不容分辩的语气，以及他"引用"的典籍出处在银幕上浮现时的肃穆感。上述做法使影片的情节进展退到了次要位置，教室、办公室、游泳馆等场景的意义逐渐为舞台剧的语言效果、对话特征所取代。

事实上，这部电影的剧情展开的确较少依赖拍摄技法，电影语言的丰富性几乎没有被反映出来，很多镜头是从男主角背后跟拍，拍摄方式偏向于纪实片的手法。电影的整个剧情较为简单：父母离异、跟随母亲生活的少年韦尼阿明有一天接触了《圣经》，其中的经文使他陷入了无法自拔的狂热，以至于他到处使用《圣经》的标准来要求自己、评判他人：他认为男女生在游泳池暴露身体，尤其是女生穿着比基尼泳装，是"对神的玷污"，因此他多次逃课，并穿着衣服跳入水中以示抗议；在生物课上，他反对女教师使用胡萝卜和安全套讲授生理卫生知识，认为这是在诱导男女产生"淫邪"之心，当众脱光自己的衣服；他给班级里跛足的同学格利沙"治疗"身体上的缺陷，并授意他谋害"犹太人"生物老师，在格利沙拒绝之后他亲手杀死了自己的"信徒"……他身边的人因为他丧失理性的做法饱受折磨，尤其是生物老师叶莲娜·利沃夫娜，为了帮助这个孩子从狂热中走出来，她自己本人陷入了对《圣经》的研究之中，而最终她却因为"作风问题"被校长开除……整部电影浸润在冷色调之中，尤其是接近尾声时，出离愤怒的叶莲娜·利沃夫娜将自己的鞋子钉在了教室的地板上以宣示"主权"，这一画面令人十分震惊，其实这也符合基里尔·谢列布连尼科夫一贯的风格：在影片《背叛》中，他就曾将长镜头和令人窒息的"沉默"画面运用到了极致，遭遇爱人出轨的两个人愤怒与绝望的心情被刻画得淋漓尽致。

相比《背叛》，影片《门徒》更多地聚焦于主人公本人内在的心理冲突。一个具有青春逆反心理的少年凭借《圣经》典籍实现对"自我"的塑造，化身为坚定的信徒甚至是"上帝"本人，对世界作出"审判"，进行"传统"与现代性之间的博弈，这更像是一个现代寓言故事。对于韦尼阿明的定位，远远不能够用"刻板"或者"狂热"这样的词语，剧评人安德烈·阿尔汗格尔斯基甚至认为，"如果说用理想主义标准对待生活，尤任（韦尼阿明的姓）恰恰比大部分人更加真诚，更加坦率。他有坚定的原则、信仰、观念、热情、为理想牺牲的准备。但荒诞性恰恰在于，尤任用'崇高原则'评判一切，而我们并非生活在崇高的世界，而只是在一个普通的世界里生活。"将一个具有"弥赛亚"意识（确切地说，这是一种伪"弥赛亚"意识）的少年放置于普遍信仰崩塌的现代社会，其中的荒诞意味不言而喻。韦尼阿明既作为一个宗教"信仰者"，同时在社会中，他又是一个中学生、一个离异家庭中的独子，很多时候，审判他人、驱使他人服从自己的欲望又使他具有了"上帝"的视角。我们试着借助宗教与科学的关系探讨，借助对韦尼阿明"身份认同"的分析，从主人公身份扮演的角度剖析文本，考察韦尼阿明作为"信徒""基督"和"问题少年"时的不同表现，以挖掘电影文本的深层主题。

执着的"信徒"与作为工具的《圣经》

在改编为电影之前，该剧作的俄文译名为《(M)ученик》，这恰恰是"мученик"（"受难者、殉道者"）与"ученик"（"弟子、学生"）两个词的组合。前一个词更多具有宗教意义，而后一个则与韦尼阿明的社会地位相吻合。事实上，仔细揣摩影片中的人物关系，可以发现其中的"门徒"具有多重意蕴：首先，信奉《圣经》的韦尼阿明是耶稣基督的"门徒"，他与耶稣的关系是复杂的，其中既有顺向的师承，也有两者身份的部分重合；其次，韦尼阿明将自己装扮为"先知"，使得格利沙成为他的"门徒"，自然，最终格利沙没有按照他的指令谋杀叶莲娜·利沃夫娜，可以算作他对这位先知的"背叛"；最后，叶莲娜·利沃夫娜及她所代表的"科学"也代表着一种"师承关系"，韦尼阿明与格利沙分别成为她的"门徒"，只不过韦尼阿明是作为"叛道者"出现。《圣经》中对于"门徒"的描述有很多，譬如《路加福音》中有这样的句子，"你们无论什么人，若不撇下一切所有的，就不能做我的门徒"。（《路加福音》14：33）表面上看，韦尼阿明的确可以算作一个虔诚的信徒，他熟读《圣经》甚至可以背诵其中的文字，为了维护宗教的神圣，他以各种形式与自己的母亲、学校里的老师同学甚至与当地的神父发生冲突，在影片后半部分他还亲手制作了十字架，扛在自己背上，这些表现都可以看做他捍卫信仰的决心。但与此同时，这样一个"信徒"在"传道"时表现出的执着和冷漠态度又令人十分抵触，《圣经》在很大程度上不再是信众的指路明灯，而更像是他表达个人意见的工具。宗教典籍的神圣意义在他强烈的权力欲望作用下被消解掉了，剩下的只是一些内容空洞的教条。

在影片中，韦尼阿明经常依赖基督教典籍中的句子，为自己行为的合法性、合理性开脱。他没有向母亲打招呼，领自己的朋友格利沙到家中吃饭。母亲责备他"先斩后奏"，晚饭她只准备了两条鱼、一点土豆，他却脱口而出："上帝拿两条鱼喂了五千人呢！"接着他引用《马太福音》中的话，"上帝说，爱自己的父母多过爱我的，不配做我的门徒。"母亲只是淡淡地说："我用不着你爱我多过爱上帝，我只希望你能够尊重我就行了……我强烈请求你下一次带朋友回家时，提前告诉我。"韦尼阿明并不在乎母亲的反应，他继续引经据典，并要求格利沙饭前向上帝祷告。而格利沙无法做到忽视眼前的生活，他草草感谢了主，紧接着便感谢韦尼阿明的母亲提供饭菜。当宗教的信条和具体的生活场景发生了抵牾时，韦尼阿明其实是无力的，他无法找到应对的策略。他再清楚不过，眼前的饭菜是母亲打三份工挣的，这种落差让他十分懊恼，最终悻悻离席。韦尼阿明归根结底是一个信仰上的教条主义者，事实上，正如休斯顿·史密斯对这个问题进行的解释所述,"有限数量的斗篷和大衣如何分配给数不清的有需要的人呢?……耶稣并没有提供一定的规则来避免困难的选择。他所争辩的是对伦理问题所应该采取的立场。"而这种深度的思考,已经远远超出了"拿来主义者"韦尼阿明的能力,或许也不是他真正的兴趣所在。

既然韦尼阿明勇敢地跳出来做基督教的卫道士,他就不可避免地要站立在"科学主义"和"无神论"的对立面,向学校的现代教育发难。生物课兼心理教师叶莲娜·利沃夫娜是现代科学与思想观念的代表,课堂上她的授课方式以及教学方法都显示出她思想先进的一面,而海滩上她与体育老师赤身裸体晒日光浴,也从侧面反映出她的前卫。但韦尼阿明的叛逆程度超出了她的想象,从她一开始笑着与韦尼阿明开玩笑,到后来她努力站在韦尼阿明的立场感动他,最终到她绝望而愤怒地将鞋子钉在地板上以宣示主权,她的信心一点点被击垮。在生理课上,不赞同"进化论"的韦尼阿明穿上猩猩的衣服装扮猴子,当老师示范避免怀孕的安全措施时,他又赤裸全身以示抗议。这些画面让人很容易联想到在世界各地制造恐怖袭击的伊斯兰教极端恐怖分子,他们甘愿为他们认为的某种神圣的使命而殉道,恰似韦尼阿明摆脱了青春期的羞涩心理,做出一些极端的过激行为以"警醒世人"。

宗教与科学之间的争端由来已久,尤其是在"进化论"方面，韦尼阿明所说的"上帝用六天时间创造了万物，第七天休息"与叶莲娜·利沃夫娜坚持的"大爆炸"与"物种进化论"，正是这一争端针锋相对的具体示例。著名的分析哲学家彼得·凡·英瓦根在论及达尔文的"进化论"时，建议用"弱的达尔文主义"将之取代，即将表述"对这一切多样性、复杂性、明显的目的论特征之唯一的解释是随机突变和自然选择的发生"替换为"在对这一切多样性、复杂性、明显的目的论的解释中，随机突变和自然选择的发生至少是一个非常重要的部分——它也许是全部的解释，也许不是"。不难看出，英瓦根的这一做法使得原本"唯一正确的""进化论"论证更加严密，而与之相反，韦尼阿明所代表的教条主义者因为坚持只有"创世纪"是终极真理，在叶莲娜·利沃夫娜的质问下就显得有些站不住脚。当老师反驳了校长的观点，同时反问韦尼阿明："尤任，如果你是对的，那么我问你，上帝在造人之前干吗了？睡觉了吗？那又是谁创造了上帝？《圣经》上有没有写？"穿着大猩猩服装的韦尼阿明抓耳挠腮，上蹿下跳，却根本无言以对。

从生活阅历上来看，"为神着魔"的少年韦尼阿明会令人想起陀思妥耶夫斯基小说《罪与罚》中的人物拉斯科尔尼科夫，那个贫困的大学生沉迷于尼采的"权力意志"说，成为这种思想的忠实信徒，并且在践行理论的驱动下杀害放高利贷的老太婆。拉斯科尔尼科夫是陀思妥耶夫斯基创作谱系中最重要的"地下人"形象的代表。他生活在废弃的阁楼顶上，"来自社会底层，拥有理智却没有权力，拥有欲望但缺乏实现欲望的途径"。尼采的论述为他贫困的生活仿佛打开了一扇天窗，让他看到突破阶层固化现实的一条途径。因此，"杀人"成为拉斯科尔尼科夫"殉道"的关键步骤，而对于同样杀了人的韦尼阿明来说，却远远不是这样。韦尼阿明认为生物老师是他信仰的阻挠者，他希望借格利沙之手，"做一点什么事情"，让叶莲娜·利沃夫娜"无法张口说出话来"。他之所以提出杀人，动机极其粗暴、教条化："她恨我们，因为她是犹太人。""犹太人"在他的理解中，就是耶稣门徒中的背叛者，理应被驱逐；并且，他仅凭生物老师的父称是"利沃夫娜"，就断定她是个犹太人。当格利沙没有执行他的计划时，他大骂格利沙是"叛徒"，一怒之下用石头砸死了格利沙。做出这些极端的行为时，韦尼阿明并没有一个基督徒最基本的忏悔意识，他忘掉了《圣经》"十诫"中的第六条：不可杀人。同样，在他诬陷叶莲娜·利沃夫娜对他进行性骚扰时，让人不禁想到他授意格利沙杀人时所引用的《提多书》："他们歪曲真理，为了得到钱财，将不该引导的引导人。"可见撒谎骗人的并不是叶莲娜·利沃夫娜，而是他自己，从而大大增强了韦尼阿明言行不一的讽刺性。拉斯科尔尼科夫杀人的目的完全不是为了"利己"，他"在否定善的道路上迷误了，但他是为了善而否定善"。而韦尼阿明的动机远远没有那么纯粹。他使用《圣经》作为工具，打着"摒除异端"的旗号，其实是出于个人私心的报复。有评论者认为，在被校长口头开除后，"老师拒绝离开——她用钉子将运动鞋钉在地板上，仿佛是以这种姿势，回应那个反感她的学生钉在学校墙上的、两米长的十字架。至此一切才得以揭晓，剧本的题目《殉道者》仅仅是在指她"。相比之下，韦尼阿明作为一个狂热的信徒，不过是熟读《圣经》文本的教条主义者。

伪"基督"、"神迹"与极权主义

作为现实生活中的"异端"，韦尼阿明对于周围人的反应不是没有察觉的。在学校里制造了沸沸扬扬的闹剧之后，一天夜里他醒来发现客厅里缚在十字架上的"耶稣"形象——也可能十字架上的是他的父亲——他迷茫地坐在十字架旁边，向"耶稣"问询："我的父亲，能不能赐予我力量？此刻我非常需要。因为，我奉你的名，给人带去痛苦。他们会感觉恐惧，我自己也能感觉到。妈妈会哭泣……"这是整部电影中韦尼阿明唯一一次对个人行为的检视。在其他所有的场景中他总是盛气凌人、据理力争，作为至高权威的代表"布道"。当他在历史课上宣读论文，向台下的同学和老师引据《马太福音》的论点时，他倚靠在黑板上，用粉笔在自己的头顶画了一个圆圈，而这正是"神"的象征。这个中学生已经把自己等同于"基督"，至少他认为自己是基督在人间的合法代表，有权对世人进行审判。这是他作为"神"的权利，也是义务。

　　韦尼阿明毫不怀疑自己的宗教权威，所以在格利沙请求做他的"门徒"时，他带着虚荣心接纳了后者，并许诺可以治好格利沙的腿。"我说让你的腿变好，它就应该变好。"他让格利沙躺下，抚摸着他的病腿（在这之前他弄错了哪条腿需要治疗），煞有介事地进行祷告——应当指出，他请求"神迹"的仪式充满了暴力，像巫师一样大声喊叫。"神迹"是宗教信仰具有超能力的重要体现，《旧约》中的"赏善罚恶"、《新约》中耶稣为信众治病或解除危难，都可以作为耶稣基督施行"神迹"的体现。许多学者都曾对"神迹"的权威性提出过怀疑，譬如斯宾诺莎就认为，神迹在本质上并没有与自然的运作相违逆，因此人们不能通过它达到认识上帝的目的。然而毫无疑问，让信众亲眼看到神迹，必然会促进宗教的传播，深化信众对上帝的认知。也有学者认为，"在基督教神迹与基督教的扩张之间存在着某种互动的关系：基督教借助神迹而得以传播，神迹则因基督教的扩散而对社会产生日渐重要的影响。"韦尼阿明歇斯底里的仪式没能够让格利沙的腿变得正常，这势必削弱了他本人的权威。虽然格利沙依然崇拜韦尼阿明，但他向韦尼阿明投射的更多是对他本人的爱慕。韦尼阿明自然可以为自己辩解，认为"神迹"之所以没有出现，是由于格利沙不够虔诚。然而他的神情中明显表现出失落和沮丧：他大概没有料到，自己的信仰没有给他增加更多权威，反倒使他名誉扫地。

不过韦尼阿明的斗志并没有被这些挫折打击,他在对待周围人的时候依然保持激进的态度。仔细分析可以发现,他感兴趣的是基督教中描述"暴力"的成分,那些关于"惩罚"的经文与他内心的"恐怖主义"欲望恰好暗合。在神父建议他成为一名教士时,两个人因为基督教信徒的信仰是否足够"彻底"而发生了争执。韦尼阿明号称愿意为信仰而死,并谴责神父贪生怕死,认为正是他们这样的人败坏了东正教的声誉。其中他援引的《马太福音》中的经文,"你们不要想,我来是叫地上太平;我来并不是叫地上太平,乃是叫地上动刀兵。"根据《丁道尔新约圣经注释·马太福音》中的解释,"动刀兵在这里并不是指军事冲突",而是为了建立与基督教神的关系,"波及最亲密的家庭关系的尖锐的社会分裂"。其中的"刀"在《路加福音》第十二章中也改用"纷争"来代替。而韦尼阿明从字面意思去理解经文,自认为可以凭借这一条向神父叫嚣。这种对《圣经》的曲解、滥用在影片中比比皆是,如俄罗斯《生意人报》上的评论所言,韦尼阿明的行为表明他更像是一个"笃信宗教的恐怖主义者",恐吓周围的人"完全按照《圣经》上的字面意思行事"。从这个意义上来说,他并没有完全像自己同"天父"忏悔的那样以"仁爱"对人,而是借助宗教的名义包装自己的权力欲望,他遵从的不是"信望爱",而是某种观念上的"极权主义"。

2008年,德国上映了一部探讨极权主义的电影《浪潮》,

发生背景也是在中学校园里：中学老师文格尔在给学生讲授"独裁统治"的课程时，为了增强教育效果，想出了"独裁"的实验。他们建立了一个叫做"浪潮"的组织，在为期一周的实验中，学生们必须对他言听计从，而他自己则处于独一无二的领导地位。这些学生一开始抱着玩乐的心态，后来竟然迷恋上了该团体，被纳粹的"集体""纪律性"等信念彻底洗脑。影片《信徒》中的韦尼阿明自认为得到了"圣谕"，可以像内心构想的决绝的"上帝"那样，审判他的"子民"，讨伐"背叛者"。影片中他所引用的经文，相当一部分都与"杀戮""惩罚"有关。譬如，他告诉母亲，游泳课亵渎了《圣经》，没有听从主的旨意时，竟然引用《约翰福音》，宣称"弃绝我不领受我话的人，有审判他的。就是我所讲的道，在末日要审判他"（《约翰福音》12：48）。格利沙受到同学欺负，韦尼阿明断定这些人一定要遭报应，"现在斧头已经放在树根上，凡不结好果子的树，就砍下来。"（《路加福音》3：9）原本生活中司空见惯的现象被他极端绝对化，就连对养育他的母亲，他也毫无体恤之情，认为母亲与父亲的离异是由于母亲在身体上的背叛，上帝必会审判她，"人子要差遣使者，把一切叫人跌倒的和作恶的，从他国里挑出来，丢在火炉里；在那里必要哀哭切齿了。"（《马太福音》13：41）在韦尼阿明的内心，燃烧着熊熊的"复仇"的火焰，他渴望能像"上帝"一样，对周围的人实施审判和惩罚。

汉娜·阿伦特在《极权主义的起源》一书中分析了人渴望制造暴动的心理："恐怖主义的吸引人之处在于它变成了一种哲学，表达失落、厌恶、盲目仇恨，这是一种政治的表现。暴民所需要的也就是走向历史，哪怕付出的代价是毁灭。"在历史课上，老师打断韦尼阿明的话开始讲"斯大林的独裁政策"，实际上这是对韦尼阿明"权力欲望"的一种平行叙事。韦尼阿明披上了宗教的外衣，但传达的思想与斯大林所代表的"独裁政治"并没有本质上的区别。与基督教教义上倡导的"爱你们的仇敌"（《马太福音》5∶44）不同，他尤其喜欢将"异端"区分出来并予以贬低、排斥甚至打压。对于自己的朋友格利沙，他称呼其为"残疾"，并认定是他的父母做坏事遭了报应，才导致他一条腿长一条腿短；叶莲娜·利沃夫娜更是被他称为"犹太人"，并成为他想要除掉的对象。为了彰显自己作为"领导者"的地位，他收格利沙为门徒；而当格利沙没能按照他的指示迫害叶莲娜·利沃夫娜时，他大骂他为"犹大"，并拿出《圣经》，让格利沙朗读其中的片段，趁机举起石头，砸向了自己"门徒"的后脑勺。具有讽刺意味的是，这段经文确实是关于"流血"的："按着律法，凡物差不多都是用血洁净的，若不流血，罪就不得赦免了。"（《希伯来书》9∶22）至此，韦尼阿明和今天伊斯兰世界的"恐怖分子"已经没有多少区别。

"问题少年"和他身后的社会

作为"信徒"和伪"基督"的韦尼阿明之所以会在"布道"活动中屡遭挫折,很大原因是他与背后世界在观念上的冲突。宗教的神圣性在技术文明日新月异的映衬下,有些相形见绌;当地的神父所理解的基督教的意义更多表现在"心理疏导"层面,信众来到他的面前忏悔,与主对话,以实现心灵的净化;韦尼阿明的母亲、学校的老师和同学们并没有十分严肃地将韦尼阿明的警告记在心上,就像学校的保安和行政人员面对韦尼阿明钉在墙上的十字架,虽然他们面对十字架在胸口画了十字,但他们的茫然情绪表明,所有人内心未必真正肃然起敬,不过是履行一种仪式罢了。

在普通人的认知中,韦尼阿明不过是一个"问题少年":他父母离异,处于青春期,在学校里特立独行,甚至因此得到女孩子的青睐。然而忽略他"惊世骇俗"的言行,如果我们追踪韦尼阿明的日常生活,将能够发现在今日俄罗斯(抑或是今日世界)青少年教育、社会发展等方面的许多问题:母亲一开始怀疑韦尼阿明"吸毒",可见这在中学生中并不算十分罕见;韦尼阿明与母亲之间的关系,反映出单亲家庭的种种问题;同班同学特卡秋娃主动引诱韦尼阿明与她发生性关系,这恰恰反映出青春期的普遍问题,也证明了叶莲娜·利沃夫娜开设生理卫生课的必要性;叶莲娜·利沃夫娜与学生家长之间的冲突、与校方领导之间的冲突，暴露出校方与家长之间的矛盾、学校管理层知识结构的窘状、教育"去行政化"的艰难……正因为影片反映出的诸多社会问题，俄罗斯《新报》记者叶莲娜·季亚科娃撰文称，"从马里乌斯·冯·迈恩堡的剧本中产生了非常俄罗斯的、非常现代的、在诊断上一针见血的历史。"

首先，在单亲家庭成长的韦尼阿明对于缺场的"父亲"保持着持续的想象。在男孩子的青春期，"父亲"扮演了重要的角色，譬如开场母亲和他谈青春期男孩的生理常识，让韦尼阿明十分窘迫，设若这时与他沟通的是父亲，效果可能会好很多。从母子对话中可以得知，韦尼阿明的父母离婚与父亲的家庭暴力、母亲的出轨有关系，但韦尼阿明并不认同母亲的说法，他始终在维护父亲的权威，并认为母亲犯了"奸淫罪"，上帝会审判她。"笃信宗教"是在精神层面寻找"父亲"的过程，宗教心理学上提出一种"上帝是父亲形象的投射理论"，这种理论是对弗洛伊德理论的改进，认为"上帝的形象类似于父母的形象"。韦尼阿明半夜醒来，看到客厅里的十字架和绑缚在上面的"基督"形象，很可能来自于他的父亲，而他发出的哀求，也不仅是对天国的"父"，还折射出他在现实生活中得不到父亲庇护的茫然心境。"寻找父亲"是人类心理结构层面亘古常新的话题，鲁伊基·肇嘉把这种寻找与子辈渴望成长的欲望联系在了一起："他在寻找他的父亲，就像他曾经从外部了解过他一样。他想结识在他内心中生活的'父亲'：他想成为一个成年人。"另一个将"天国的父"与"生身父亲"糅合的情节出现在影片接近末尾的地方：母亲发现韦尼阿明在用木板制作十字架，走上前询问他，同时回忆了当年韦尼阿明的父亲为儿子死去的家兔做十字架的往事。韦尼阿明告诉母亲，"我要去找我的父亲了，他召我去"，母亲立刻陷入了绝望之中，她劝说儿子，"他玩你两下，就把你扔了，你得不到他的半点眷顾"。表面上看母子俩谈的是两个对象，然而实际上这两个"父亲"却在很多方面出现了重合。整个场景选用与地面垂直的俯视角拍摄，这种用来表现"巨大空间"和"宏大场面"的拍摄方式，使得观众仿佛作为"上帝"来观看韦尼阿明制作十字架的场景，画面中的两个人都成了无足轻重的点，只有平放的十字架位于冷峻色调画面的正中，似乎在对心理上疏远的一对母子进行审判，给人一种压抑、低沉的观感。

其次，影片多次涉及青春期的"身体敏感"问题。镜头十分敏锐地捕捉到现代社会中个人的身体状态，特卡秋娃穿比基尼站在韦尼阿明面前，处于青春期的他在生理上根本无法阻挡这种诱惑，在泳池旁边读《圣经》时，他忍不住偷偷瞟从身边经过的女生的身体。但他所信奉的宗教"禁欲主义"又让他的内心备受煎熬，他努力抗拒特卡秋娃的身体，同时也对格利沙展现在自己面前的身体十分鄙薄。俄国宗教哲学家别尔嘉耶夫考察宗教的"禁欲"时，从"欲望"与"罪恶"的关系入手，肯定了"禁欲"的积极意义。他认为,"禁欲生活与对罪的意识以及同恶的斗争相关。罪产生痛苦。通过禁欲生活的方法,人给自己制造自愿的痛苦,以便找到摆脱从外部打击人的、不自愿的痛苦的途径。人们企图通过禁欲生活克服恶。整个精神生活都与恶和痛苦问题相关。"然而,韦尼阿明的"反抗"并没有多少实质性的意义:他面临的是青春期每个人需要面临的正常生理蜕变,并不是《圣经》中讲到的种种与肉体欲望相关的败德行为。况且,他生活的时代的影像,也让原本看似崇高的行为削弱了震撼效果:体育课上男女生在做运动,露出青春活泼的身体。随即镜头转到海边,叶莲娜·利沃夫娜和男朋友在石头上晒日光浴,一对赤身裸体的男女从他们身后走过。镜头缓缓移动,将石头上站立或平躺的各种裸体呈现在银幕上,同时传出韦尼阿明读《马太福音》(6:25—6:34)的声音:"所以我告诉你们,不要为生命忧虑,吃什么,喝什么,为身体忧虑,穿什么。生命不胜于饮食么?身体不胜于衣裳么?你们要先求他的国和他的义,这些东西都要加给你们了。所以,不要为明天忧虑。"按照《丁道尔新约圣经注释·马太福音》的讲解,这里强调的是"处于第一位的不是衣食住行,而是对神的信仰",告诫世人不应该把对物质生活的忧虑看做最重要的。但导演对这段经文的再现似乎并非如此:此处身体和感官上的享受超越了一切,人们赤身裸体躺在太阳底下,不是在感念上帝,而是在享受自然生命的愉悦。

最后，以校长为代表的学校行政管理层的言行，也暴露出许多基础教育方面的弊病，反映了俄罗斯社会普遍存在的某些问题。譬如面对生理卫生课上韦尼阿明的捣乱，校长的回应折射出管理层的蛮横和无知。她以专横的态度评价叶莲娜·利沃夫娜的授课，在"蝙蝠是鸟类还是哺乳动物"这样的常识性问题上犯下可笑的错误。在学校召开的座谈会上，校长并没有表现出任何领导才能，她坐在与普京照片正对的地方发号施令，似乎是导演刻意的安排。影片中还插入了一段校长办公室里"女人们的恸哭"：办公桌上摆放着红酒、柠檬、巧克力，校长与教导主任喝着酒，听一个行政人员唱伤心情歌，几个女人都泪流满面。这种场面完全打破了观众对"办公室"的期待，学校的领导人完全与家庭主妇没有任何差别。导演有意制造了这种"身份错乱""场景错乱"的效果，譬如校长和教导主任在学生离开后，用叶莲娜·利沃夫娜带来的胡萝卜与安全套互相调侃；影片接近末尾时，校长等人在会议上公然嘲笑叶莲娜·利沃夫娜是"犹太人"。这些场景背后都隐含了许多与国家、社会相关的问题，因篇幅和本文论述主题的限制，不一一赘述。

结　语

不同于一般成长题材的电影，《门徒》展现出一个青春叛逆期的少年非常极端的生活状态：他成长于父亲缺场的家庭，借助对基督教的信仰为自己建立起极权主义帝国，对家人和同学、朋友、教师施行"审判"的权力。他标榜自己是纯正的宗教信徒，熟读甚至背诵《圣经》中的经文，并在日常生活中援引它们，其实不过是把《圣经》作为工具，以佐证和强化自己作为"审判者"的合法地位；韦尼阿明坚信只有自己信奉的才是唯一的"神"，而他作为基督在人间的代言人，在某种程度上就是"基督"，同样可以施行"神迹"，拯救世人。然而，他所宣扬的是"流血"和"杀戮"的拯救方式，从这个意义上来说，他更像一个裁决别人的极权主义暴君；尽管在精神层面，韦尼阿明将自己摆在了类似于"基督"的位置，但是在现实生活中，他不过是一个处在叛逆期的单亲家庭的男孩，他对异性身体的排斥、对老师和母亲的反抗心理也都在可以理解的范围。同时，从他与家庭和学校的"抗争"，也暴露出俄罗斯现实社会的一些弊病。

《门徒》导演谢列布连尼科夫介绍，这部电影的投资不足一百万欧元，然而2016年影片在一千五百部世界电影中脱颖而出，获得戛纳电影节展映的机会，并夺得"一种关注"单元弗朗索瓦·加莱奖，这不能不归功于影片本身的独特魅力和强烈的现实意义。具有多重身份的韦尼阿明是现代社会的一个缩影，影片导演所表现出的"一种关注"，既是对青少年成长的关注，更是对当下这个普遍信仰缺失、宗教信条歧义丛生、因观念不合而引发战争的社会病态的"一种关注"。

（首发于《俄罗斯文艺》2017年第4期）

安德烈·萨金塞夫：伦理叙事的张扬与失落

2015年6月13日，第十八届上海国际电影节开幕，组委会特邀俄罗斯导演安德烈·萨金塞夫担任主竞赛单元"金爵奖"评委会的主席。这位俄罗斯电影界的翘楚不久前刚刚凭借作品《利维坦》获得第七十二届美国电影电视金球奖"最佳外语片"大奖、第六十七届戛纳电影节"最佳编剧奖"、慕尼黑电影节"最佳外语片"以及第八十七届奥斯卡"最佳外语片"提名等奖项。在萨金塞夫光影生涯的十几年间，仅有四部长篇电影问世，但每一部都受到了电影评奖委员会的关注：2003年，他的长篇电影处女作《回归》摘得威尼斯电影节最高奖"金狮奖"和"最佳处女作"奖，评委会评价这是一部"表现爱、丢失和成长的细腻影片"；2007年，第二部电影《为爱放逐》夺得2007年戛纳国际电影节的"最佳男演员"奖；2011年，同样是在戛纳，他的第三部影片《叶莲娜》获得"另一种关注"评委会特别奖；时隔三年，第四部影片《利维坦》问世，再次斩获殊荣。在文艺影片市场低迷的今天，萨金塞夫凭借其独特的拍摄视角和表现力，近年来已经在国际影坛稳稳占据了一席之地。

纵观萨金塞夫的四部电影的叙事内容，《回归》与《为爱放逐》模糊了空间和时间边界，关注家庭伦理中互相依存而又对立的父子、夫妻间的关系，而最近的两部电影则重在社会问题的探讨，人物的生活场景具象化，俄罗斯的元素明显增加了，更多关注了社会伦理道德、个人与国家的命题。但他所有的讨论又都超越了肤浅的现象批判，将思考的深度定位到精神存在层面。电影伦理叙事作为萨金塞夫作品的重要语义生成，在影片的情节展开与推进、主题的深化与演变方面，是一条重要的线索；萨金塞夫对于不同伦理层面的观照，从不同侧面凸显了他的个性化创作，也曲折地反映了他对于家庭、国家和社会的价值取向，并在其中贯穿了一条灵魂审判的红线，从而构成了独树一帜的"萨金塞夫图谱"。

很多评论家一谈到萨金塞夫，就忍不住搬出苏联电影界的诗人导演安德烈·塔可夫斯基，这大约因为两者都具有深沉、冷峻的诗人气质，善于使用长镜头拍摄风景或静物，经常采用远景，选取俄罗斯辽阔的场域来凸显人物的感情变化，情节推进也相对缓慢。譬如《为爱放逐》一开始，占据整个银幕的俄罗斯广袤的原野舒展、凝重，颇能令人想起塔可夫斯基的《牺牲》。另外，萨金塞夫在影片中插入的音乐，譬如《利维坦》

开场配乐，以及《叶莲娜》结尾响彻整个空间的菲利普·格拉斯第三交响曲，注重在宏大的背景下浸透伤感的情绪，也不由自主地将观众的接受导向饱含离愁别绪的"塔可夫斯基情调"。

然而，从影片主题上不难发现，萨金塞夫与完全走向宗教与精神向度的塔可夫斯基相比，可能更多了一些"人情味儿"。这种人情味儿，又着重体现在"家庭关系""道德""国家"等等关键词上。《回归》作为萨金塞夫长篇电影的处女作，构图唯美，配乐低沉独特，整个影片的色调给人深刻的观感。影片中的父子冲突看似平常，在一种压抑情绪的推动下，最终酿成了悲剧：失联多年的父亲突然归来，在两个未成年的孩子那里引起了不同的反应。大儿子的仰慕和小儿子的敌视，似乎并未脱离家庭伦理关系的常态。但随着三个人旅程的展开，小儿子伊万和父亲的矛盾越来越激化，最终因为救助爬上高台的伊万，父亲失足坠下。家庭伦理中父子关系的畸形，在小儿子伊万那双充满仇恨的眼睛里表露无遗：久别重逢的一家人坐在一起，饭桌上没有任何其乐融融的感觉，反而因为陌生人的加入，伊万变得拘谨、不安；在路上遭遇别的孩子欺负时，父亲的教育方式令他更加反感；及至在雨中被父亲和哥哥抛下一个人赶路，此时伊万内心的无助和怨恨已经变成了绝望、仇恨。父子间的对立关系在长镜头的渲染下，被推演到势不两立的境地；但这种对立情绪又都是不动声色地逐步深化的，以至于后来伊万恶狠狠地向哥哥宣称："他再动我一下，我就杀了他！"

观众竟感觉不到一点突兀。伊万爬上高台的镜头，恰好是与影片开始时小伙伴们嘲笑他不敢从高处跳下的情节相对应，这仿佛暗示作为伊万反面的"父亲"形象，其实正是伊万内心不满的那个"自我"，从而使父子矛盾冲突转向了自我定位上的困境。有论者引据"俄狄浦斯杀父"情节，意欲塑造伊万在对父亲认同上的心理历程；而关于这个主题最好的对比，其实应当算是巴维尔·丘赫莱伊1997年拍摄的《小偷》：从小没有见过父亲的萨尼亚跟随母亲四处讨生活，偶然邂逅装扮成军官的高大男子托扬。在与托扬的相处中，萨尼亚逐渐认同了托扬的价值观念，在内心将其视为父亲；而托扬对萨尼亚母亲的背叛，以及他的小偷身份，却最终击垮了萨尼亚单方面的心理认同，使他开枪杀死了自己的"父亲"。伊万的处境与萨尼亚相同，两人在童年的成长中均未曾得到同性长辈的关爱，突然出现的男子无意间充当了拉康所谓的"镜像"，敦促主人公迅速成长。当对于"父亲"的"不认同"取代了崇拜和模仿的欲望，"毁掉不完满的偶像"也便成为他们共同的决定。而政治意识形态上的"镜像"，无疑将投射到最高领袖的身上，对两部影片中苏联"个人崇拜"历史的解读，又使《回归》和《小偷》超出了普通家庭矛盾的范畴，走向苏联时期"父亲"信仰失落的沉重命题。

在《利维坦》中，这一"冲突"与"抗争"的意味则更加明显。科利亚为了反抗地方官员非法征用自己的房子，求助于做律师的朋友，他们最终决定收集当地官员腐败违法的证据，与政府抗争。萨金塞夫在接受采访时说，这部电影主要取材于德国作家克莱斯特的小说《米夏埃尔·哈尔克斯》（发表于1810年），以及2004年发生在美国一名普通汽车修理工身上的悲剧事件：这位修理工为了反抗当地政府强征用地，开着自己改装的推土车将官员的房屋一栋栋推倒，随后在车内自杀。这样的个人对抗整个权力机器的悲壮故事，内部充满了戏剧性的冲突，同时反映出"权力"本身存在的辩证关系。国家权力尽管滞重威严，但诚如福柯所言："权力从未确定位置，它从不在某些人手中，从不像财产或财富那样被据为己有。权力运转着。权力以网络的形式运作，在这个网上，个人不仅在流动，而且他们总是既处于服从的地位又同时运用权力。"此时的"权力"毋宁说是一种互相制衡的共生关系，它既能从市政府的强占行为中生发，也能在科利亚等平民代表的反抗中生产出来。影片的海报旗帜鲜明地揭示了此种权力双方互为主客体的辩证法：漂浮在海边的巨大的鲸鱼骨架泛动着冷峻的光辉，而蹲在它面前的人默默无言，与之形成了力量悬殊的对峙。然而单独个人的力量，对于庞大的"利维坦"毕竟过于微弱，科利亚最终在政府强征的土地上建了一座教堂，这其实是在向"宗教"、"宗教"背后的权力所做的妥协。萨金塞夫在接受采访时说，"只有在童话里，英雄才会战胜邪恶"，影片中陀思妥耶夫斯基式的神父提纲挈领的发问也道出了问题的实质："你能用鱼钩将利维坦拖上来吗?"

"利维坦"在影片中指的是横躺于海岸边的、巨大的鲸鱼骨架,最初这一形象来自《希伯来圣经》,形容大海中的猛兽,后来被17世纪英国哲学家托马斯·霍布斯应用到自己的著作《利维坦》中,用来比喻人工建造的庞大机器——国家。霍布斯在书中花了大量篇幅描写人的本质,指出在"自然状态"下,人总是渴望占有一切,权力导致了战争;为了避免和阻止战争状态,一个人造的"利维坦",即约束个体人行动、制裁暴力与战争的"国家"诞生了。影片中出现的、霍布斯意义上的"利维坦",当属管理地方事务的市政府及其威权工具——警察局。人造的"利维坦"如何履行契约要义,实现保障人民权益的目的?霍布斯给出的方案是,"使国家主权全盘控制公民、军事、司法和教会的权力",然而这种强权的恶果在影片中已经得到淋漓尽致的演绎:以市长为首的政治集团遭到民众的唾弃和抵制,郊外打猎的男人们为消遣时间比试枪法,竟然将苏联领袖的肖像作为靶子。霍布斯对主权者不加取舍的引吭高歌在第二十一章《论臣民的自由》中得到体现:"主权者对臣民所做的任何事情都不能被称为不正义或侵害的,所以,在国家中,臣民可以,而且往往根据主权者的命令被处死,然而双方却不能认为这是互相损害。"如果仅仅是传统意义上的"正义"与"非正义"的斗争,或许还不足以引起观众的深思;影片中牺牲个人利益的"小人物",无论是阿列克谢·谢列布里亚科夫、叶莲娜·利多娃,还是弗拉基米尔·甫多维琴科夫,甚至是勇敢讲出真相的小男孩,无一例外暴露出他们本性中的卑劣,在道德上远远称不上圣徒。"伏特加"作为一个贯穿影片始终的意象,处处凸显着主人公的冲动和非理性行动;整个城市从官员、百姓直到教堂,无一不是罪恶的显像,萨金塞夫通过一系列的冲突,将整个人类的世界还原到了耶和华降罪以前的索多玛与蛾摩拉状态。

同样根植于冲突,萨金塞夫探讨男女两性的伦理关系也十分耐人寻味。《利维坦》中出现了一个内部岌岌可危的家庭,律师朋友的介入,对于科利亚既意味着权益上的援手,同时也是其个人生活的破坏者,但这毕竟不是这部电影的主线,展现夫妻生活矛盾最重要的影片当属《放逐》(又译《为爱放逐》)。妻子对于日渐冷落的夫妻生活心灰意冷,编织了谎言告诉丈夫"怀上了别人的孩子",希望借此翻起死水中的些许微澜。男主角阿列克斯的扮演者康斯坦丁·拉弗朗年科由于成功再现了一个内心丰富、外表木讷的丈夫在面对妻子"出轨"时的耻辱、怀疑和绝望的复杂心理,在戛纳电影节上斩获"最佳男主角"奖项。从妻子维拉撒谎的出发点可见爱情中的男女双方诉求的差异:阿列克斯以自己固有的方式表达情感,甚至在兄弟面前坦陈自己的感受,却对最亲近的妻子保持缄默。他没有像英格玛·伯格曼的影片《婚姻生活》里的"受害方"那样跳起来提出离婚,但也并没有补救破裂的感情的主动意愿。影片开始画面平静和谐，镜头对准两个人的手，同样的戒指闪着柔和的光，但现实中的两人已经貌合神离。小女儿向妈妈告状，哥哥砍掉了玩具娃娃的头颅，只为了看一看玩具的里面有什么，最后他发现"什么也没有"，维拉没有说话。她最初的想法岂不是和儿子一样天真？他向罗伯特抱怨："天哪，我已经这样生活了这么多年！"那种绝望正如安娜·卡列尼娜下了火车，第一次发现共同生活多年的丈夫的耳朵竟然那样不和谐。镜头中多次出现主人公驾车在通往远方的公路上驶过，仿佛行程永远没有结束的时候，而这种对于身体的放逐远不及夫妻两个人爱情上的放逐那样深沉、令人绝望。

夫妻关系的疏离也反映在影片《叶莲娜》中：丈夫与叶莲娜的结合仅仅因为这位女性是自己的看护和保姆，这种地位上的差异为后来双方在共同生活中的巨大分歧做了铺垫。叶莲娜或许在重组婚姻的最初阶段曾抱有幻想，但她一次次的主动遇到的都是男主人的冷漠和鄙夷，两个人无论是情感还是身体上彼此都已经成为"异己"，夫妻关系也仅限于一纸法律契约而已。这种冷漠已经唤不起叶莲娜心中的一丝温情，以至于影片高潮部分，在她决定"杀夫"时，也完全没有表露出愧疚感，她的内心几乎等同于镜头下沉默的静物，她施行"上帝的权力"而不动声色，滴水不漏。

当然，作为《叶莲娜》这部电影思想内核的主体，除了贯穿故事所有情节的家庭道德的审视以外，还有更多社会伦理层面的批判。俄罗斯电影评论界认为《叶莲娜》是一部"回归俄罗斯"的影片,也主要因为这部影片对于当代俄罗斯社会问题的关注。影片的女主角叶莲娜除了数十年如一日在弗拉基米尔家中勤勤恳恳担任女管家和保姆之外,还是一个操劳奔波的母亲。她与前夫所生的儿子一家,生活在莫斯科郊区的底层社会,微薄的收入和与之不相称的消费观念,使得他们把叶莲娜当做主要的经济来源。叶莲娜这个形象之所以特殊,是因为她连接了俄罗斯最泾渭分明的两个社会。近些年来,居民收入差距拉大在俄罗斯已经愈演愈烈,据俄罗斯联邦国家统计局的资料,2013年上半年,俄罗斯百分之十最富有的人占有现金总收入的份额为百分之三十点四,而俄罗斯百分之十最贫穷的居民所占俄罗斯居民现金收入总额的比重为百分之一点九。影片的镜头不停地在弗拉基米尔豪华的室内陈设与叶莲娜儿子一家简陋的厨房之间转换。令人惊讶的是,这样巨大的反差竟然出现在同一片国土上,若干层次不同的社会在同一个空间和时间并行不悖。对于儿子一家的困境,叶莲娜多次有意无意向弗拉基米尔提起,但是这位富人阶层的代表一脸冷漠,他宁肯让自己的女儿将大把的金钱用于吸毒、堕落,也不愿意把钱借给叶莲娜儿子一家。弗拉基米尔是当代俄罗斯社会中"新俄罗斯人"的代表,而叶莲娜对这个阶级的艳羡之情在影片中多次呈现:贫富悬殊造成了她的先天性失语,选择了这种不对等的婚姻,可见她对于富贵的生活也是向往的,希望从这种社会窘境中解放出来。可以说，最终导致叶莲娜杀夫的动机已经不单单是经济因素了，马克思在《雇佣劳动与资本》中的论断在这里切中肯綮："我们对于需要和享受是以社会的尺度，而不是以满足它们的物品去衡量的。因为我们的需要和享受具有社会性质，所以它们是相对的。"然而她所觊觎的社会地位是否实现了呢？弗拉基米尔死后，作为财产继承人的儿子一家搬进豪宅，与弗拉基米尔的女儿共同分享物质资料，影片的色调并没有因此转向明亮。两家人互不往来，而叶莲娜的孙子还是愿意和原来社区里的伙伴厮混，打闹。"打闹"这一场景，在影片中多次出现，叶莲娜的孙子和他圈子的那些孩子们，对于"斗殴"倾注了非同寻常的热情。这里除了有萨金塞夫所声称的表现"正常生活流的破坏与恢复"的用意外，对于"底层人"的休闲方式也未尝不算是一种揶揄。不管怎样，这种结局多少暗示了"劫富济贫"道德原则的失落：仅凭外部物质条件，或者是一小部分人生活的改善，并不能解决根深蒂固的社会痼疾。而叶莲娜貌似正义的冒险行动，更反映了整个社会伦理标准的沦陷。

萨金塞夫在接受《俄罗斯报》的采访中，曾透露了《叶莲娜》的拍摄源于英国制作人计划拍摄四部"启示录"主题电影的构想，这也将整部电影的主题进一步深化到了人性批判的层面。个人的困境似乎确实值得同情，但是为了解救自己而杀人，是否就合乎道德呢？萨金塞夫有意选择了一个舐犊情深的母亲形象作为自己思想的箭靶，未免有些残忍——道德伦理的底线，往往考验的不是那些物质和精神生活极大丰富、高枕无忧的人，而恰恰是吊在十字架上、需要对生存和义理进行排他性选择的"底层人"。萨金塞夫原先预备在英语国家拍摄该片，但很快他就发现自己的设想是不成立的，因为"在任何一个国家，没钱送孩子读书这件事都不会将人逼到如此绝望的境地"。因此萨金塞夫选择了俄罗斯，他希望戏剧本身的"冲突"意味能够在这个宗教意识浓厚的土地上，撕扯得更为激烈。《罪与罚》中的拉斯科尼科夫实践了自己的理论后，追悔莫及；而叶莲娜所有的恐惧和不安，却没有在影片中有任何显示。这种令人悚然的镇定，是否是导演刻意为之？有论者指出，"叶莲娜本人就是一个战场的隐喻，在她的内心里，道德准则和生存需求时刻进行着战斗"，只不过她的表现方式是"冷漠"罢了。叶莲娜的心里，必定经历过激烈而长久的思想斗争，只不过萨金塞夫将这一过程牢牢地掩盖住了。他想要展现的，就是一个为自己的思想所洗礼的、丧失人性的"母亲"形象。而在这之前，人心的冷漠，在弗拉基米尔看她的眼神中、在儿子慵懒的动作里、在她投下药品那有条不紊的姿势中，早已被充分演绎。

除了上述的几种伦理叙事，在萨金塞夫的电影里还有一条隐匿的宗教线索，许多情节都穿插着导演巧妙的宗教隐喻。在这一点上，萨金塞夫与他的前辈、希腊导演安哲罗普洛斯十分相像。影片《回归》的寻父、杀父情节具有明显的宗教启示意味,而兄弟俩发现一家人的合影恰恰夹在一本《旧约》中,对应的插图是亚伯拉罕祭献独子伊萨克的场景,这似乎为父子关系的进一步发展埋下了伏笔;《放逐》里出现了圣母拼图、读诵经诗以及教堂等等宗教象征物,论及宗教中的"爱与救赎"主题,最后的画面所展现的俄罗斯田间收获图景,劳作的妇女们发自内心的对歌似乎为主人公的困境提供了救赎的路径——心灵的交流,而这恰恰是导致夫妻内心冲突的深层原因;《叶莲娜》中的宗教因素似乎乏善可陈,但故事本身正包含着一个"诱惑—犯罪—惩罚"的内核;相比于此前的三部影片,《利维坦》几乎是一个政治和宗教的寓言,影片名就是来自《圣经》故事,也有评论家将反抗政府的科利亚与《圣经》中安心领受耶和华百般考验的约伯进行对比。作为权力抗衡的对立方,科利亚和市长都曾经求助于大主教,这不免显得有些滑稽:大主教作为上帝在人间的代言人,能否给出一个令所有人都满意的真理呢?影片中大主教告诉市长一切权力来自上帝,暗示他可以行使上帝的权力,但权力的正义性又有谁负责裁决?正如电影《一九四二》中小安面对饥荒和战乱,向神父质疑:"这里发生的一切,主都知道吗?既然知道,他为什么不管?"科利亚同样按捺不住满腔的愤慨,质问神父:"上帝究竟在哪里?"此处对于宗教伦理中威严而无所不在的上帝,不啻为绝妙的讽刺。导演本人理解,霍布斯本人也曾在《利维坦》这本书中描述了"宗教"作为一种权力震慑力量的存在。影片在俄罗斯公映后,萨金塞夫曾撰文说明了霍布斯以及他本人对教堂的理解:"或许,教堂不是偶然地使人将自己放到奴隶的位置上进行思考——无论是对于上帝,还是国家,使人永远记住,他在这个世界上占据的地位多么卑微,他需要对自身负有多么微不足道的义务。"似乎是对于此种相似性的呼应,影片最后的镜头将国家和教堂这两种强力机构联系到了一起:穿着华丽、装模作样的信徒诵读完伪善的颂词,驾驶着门口的高档轿车,向四面八方驶去。至此,对于宗教救赎的诘问和对国家权力机器的批判融为了一体。

最后,我们还想强调一点,对于安德烈·萨金塞夫作品的审视,应当拥有更为宽广的视角,而不应当仅仅将当时当地的俄罗斯国家和社会现状作为批评语境。《利维坦》在俄罗斯国内上映后,由于充斥其中的政治隐喻,曾遭到俄联邦文化部部长的批评。有记者甚至直接追问萨金塞夫"是不是美国安插的间谍",萨金塞夫回答:"就算我是间谍,那也是俄罗斯的间谍。"他在上海担任电影"金爵奖"评委会主席期间,接受采访时更是明确指出:"《利维坦》所反映的事实、含义,不只是针对今天的俄罗斯的社会制度,我想要表达的是小人物在庞大国家机器面前的无助,个人利益和国家机器发生冲突,小人物和国家利益之间的关系。电影毕竟是在今天拍摄的,观众或媒体在讨论这个电影时,的确很难跳出今天俄罗斯的政治和社会背景。在俄罗斯,有政治家,也有普通人,他们说这部电影的作者应该站到莫斯科市中心的红场上去，面向克里姆林宫，向全体俄罗斯人民道歉，像这样的言论难道还能说是对电影的讨论吗？"

因此，本文论述的这四部影片在伦理叙事方面与其说反映了浓厚的俄罗斯特色，不如说是对于超越国界的人性、国家、社会、宗教的褒扬与批判。无论是在父子、夫妻的家庭伦理，抑或人与人的关系、个人权利的社会、政治伦理，甚至是神与人、人与他人、人与自身的宗教伦理层面，安德烈·萨金塞夫都倾注了个人持续的关注，并做出了全面而不乏洞见的评判。在这些影片的伦理叙事方面，有人性的张扬，但更多的是毫不留情的揭露、批判。或许，正是这多重伦理视角的引入，使得萨金塞夫的电影既具有明显的现实意义，也同时超越了我们生活的时代，成为人类生存的永恒寓言。

（原文发表于《俄罗斯文艺》2016年第2期）

专访俄罗斯独立策展人：
谁也不知道，接下来会发生什么

提到俄罗斯当代艺术，很多人可能都会想到马列维奇的黑方块、塔特林的第三国际纪念塔等20世纪20年代至30年代的先锋作品。也可能有人会提到苏联时期社会主义现实主义风格的宣传画，或者距今较近一些的莫斯科概念主义——但那也早已是几十年前的风格样式。苏联解体已过去将近三十年了，中国大众对于"后苏联时期"（尤其是21世纪以来）的俄罗斯当代艺术仍旧相当陌生。

2020年8月，在新冠疫情尚未平息的俄罗斯圣彼得堡市，一场名为"非莫斯科，非群山之外"的当代艺术展开幕。该展览的定位是"去中心化的俄罗斯当代艺术"，参展艺术家共八十位，分别来自俄罗斯联邦的二十一个城市。同时，展览还邀请了七位来自俄联邦不同地区的策展人参与策划，以期尽可能客观地呈现全球化背景下的区域艺术进程。

在联合策展人之一、伦敦大学哲学博士安东尼奥·盖萨（Antonio Geusa）看来，"逻各斯主义及为了赢得更广泛观众而进行的斗争，是俄罗斯当代艺术的鲜明特点——至少在苏联解体之前都是这样。但事实上，俄罗斯当代艺术在经历了数十年之后，依然处在词语和白方块（指至上主义艺术家马列维奇的作品《白底上的白方块》）之间"。在幅员辽阔的俄罗斯，当代艺术的发展在不同地区呈现出不同样貌。但毫无疑问的是，艺术仍和从前一样，是理解"当下"最好的方式。

"非莫斯科，非群山之外"展览现场（本文图片均由受访者提供）

首先，请您简单介绍一下2020年8月至10月在圣彼得堡市举办的当代艺术展"非莫斯科，非群山之外"。在挑选参展作品时，您的标准是什么？

安东尼奥·盖萨：我是展览"非莫斯科，非群山之外"的联合策展人之一，这次展览的组织方是莫斯科的普希金国立造型艺术博物馆及圣彼得堡"练马场"中央展览大厅。策展工作从2019年秋天开始，最初是以一系列线上和线下见面会的形式展开的。展览组织方邀请了来自俄罗斯各个地区的专家针对俄罗斯当代艺术的若干趋势与潜在主题进行了探讨，最终筛选出七位策展人组成了策展团队（由于新冠疫情突然暴发，这套方案经历了某些变化）。同时，每位策展人都按照个人兴趣，选择了能够反映俄罗斯当代艺术生活方向的主题。

对我们来说，所有人一起进行同一个主题的策划非常重要，但是我们每个人又有自己的独立领域。这样一来，我们的展览就如同棱镜一样，折射出了七种颜色。最终，每位策展人负责自己的专业领域，在挑选作品时不受另外六位策展人的影响。显然，我们经常处于相互观照的语境里，也一起讨论了展览的一些独立的主题。就像我说过的，我们所有人在共同完成一个大展览——而不是一个屋檐下的七个小展览——的策划工作。

我在"练马场"中央展览大厅的媒体中心上读到，"该展览旨在展示全球化语境下区域艺术进程的现实特点，彰显和突出区域艺术实践，同时用一种新的视角思考各区域间的水平联系，使材料资源、仿制品、关怀、私人时间、独立性、对自我力量的信心、自我嘲讽等主题具有现实意义"。其中提到的这些主题，是当代俄罗斯艺术最迫切和现实的主题吗？

安东尼奥·盖萨：可以说是，也可以说不是。我谈一谈自己的观点。的确，上述各主题对于挑选它们的策展人来说是最重要的主题，也反映了艺术家眼中现阶段最现实的某些议题。应当指出，这次展览吸纳了一批谙熟俄罗斯不同地区当代艺术状况的策展人。但这还不是泛泛地让专家去"解释"那里有什

"非莫斯科，非群山之外"展览现场

么的阶段。在很大程度上，我们的策展人是一个地区艺术生活不可分割的一部分，多年来，他们与当代艺术实践的发展相互影响。尽管如此，我们的展览展示的是某几个最为现实的主题，而不是唯一的主题。我们非常高兴，这次展览引发了艺术界广泛的讨论，卓有成效地拓展了我们最初的设想。

从总体上来说，当代俄罗斯艺术的现状是怎样的？譬如，如展览导言所指出的，俄罗斯艺术是怎样在全球化的语境中展示各区域的不同艺术实践的？

安东尼奥·盖萨：此次展览通过艺术作品探讨的一个重要议题，是艺术在今天所面临的特殊历史阶段。这个阶段表现为一种认为整个时代即将终结的感受：艺术家失去了对未来的信仰，再也没有人发表宣言了，也出现了某种程度的疲惫感及想要逃避大众媒体的喧嚣与关注的强烈意愿，希望对自身而不是对社会主题倾注注意力。谁也不知道，接下来会发生什么。通过"室内"形式反映的日常生活，对于今天的艺术家来说具有特别的吸引力。但与此同时，艺术家也不存在任何离群索居、与外部世界切断所有联系的意图。在最近十年，艺术的创作方法发生了明显的改变，那个寻求自身独特性的奠基人时代早已终结。尽管艺术是在某个特定的地区完成的，会和这个地方产生深刻的关联，但除了它所携带的地理上的标签，它并不讲述这个地方的具体内容——这就是今天的艺术，它时刻都在与地球村进行交谈。

近年来,一些中国当代艺术家开始反思来自西方的现代性概念,但同时他们又遇到一些问题,譬如,如何在自身的传统文化资源中寻找到属于自身的现代性。在您看来,俄罗斯艺术家是否也面临着同样的困惑?

安东尼奥·盖萨:就像我刚才提到的,在今天的俄罗斯,艺术家似乎找不到那种动力,可以让他们像上世纪初那样,以一种建设全新前景的眼光来看待未来。我不认为俄罗斯的艺术家会在理解现代性的问题上产生担忧。与西方艺术相比,"俄罗斯当代艺术"这一概念会导向某种过时感。我个人认为,俄罗斯当代艺术在某种程度上表现得更难以妥协。因为从历史上来看,与西方当代艺术相比,它表现出了更多的"为艺术而艺术"的取向。一直到20世纪90年代初期苏联解体之后,地下艺术组织才不复存在,当代艺术才"浮出地面"。在这之前,在俄罗斯当代艺术作品的创作和展示方面,并不存在"大众"的概念,艺术圈也是有着自身特性和"法则"的封闭团体。今天的俄罗斯当代艺术家仍然共享着这一历史背景。对于现代性,我不能肯定该怎么去认识它。当代艺术的创作超出了现代性的范畴——这才是今天俄罗斯应当关心的状况。

说到俄罗斯当代艺术,就绕不开苏联时期的艺术和总体文化氛围。据您观察,当代艺术家是如何看待苏联时期的艺术观念的?他们将这些观念视为一种自身的遗产,还是需要被抛弃的旧的思想范式?在今天的艺术作品中还保留着那个时代的痕

马雅娜·娜伊塞布洛娃,《又是没有任何事发生》(2020)

迹吗?

安东尼奥·盖萨：和十年前相比，艺术家对俄罗斯当代艺术历史的理解要深入得多，尽管这方面的教育仍存在严重的问题——俄罗斯联邦的大部分城市长期缺乏当代艺术的课程。而如今那些希望学习本国历史的艺术家可以接触到很多有用的资源。显然，俄罗斯当代艺术家是那些"异见者"的继承人，而不是那些盲目遵循社会主义现实主义的艺术家的追随者。譬如，莫斯科浪漫概念主义——尤其是安德烈·莫纳斯特尔斯基（Andrei Monastyrski），对当代艺术的影响鲜明地反映在许多年轻艺术家身上。如今，在俄罗斯出现了一种非常积极的现象：年轻的艺术家认识到了"异见者"的遗产，即便他们的创作和当时的"异见者"并没有直接联系，这更多的是艺术家对自身过去重要阶段的一种尊重。

虽然我没能参观展览，但通过网络看到了不少新鲜内容。展览中，来自不同地区的艺术家在表达新的观点、使用新的材料的同时，也不忘将自己的创作聚焦于当前热门的社会问题。中国的一位艺术评论家曾在一篇文章中对如今中国的当代艺术表达过一些担忧，他认为，有的年轻艺术家生活在由完全抽象的概念构成的环境里，他们习惯借用一些时髦的理论装点自己的作品，但对生活却是疏离的，从互联网和媒体上获取的二手经验成为他们创作的素材——貌似十分宏大的作品，事实上不过是对概念的堆砌。您认为，在俄罗斯的当代艺术中是否存在类似的现象?

安东尼奥·盖萨：我认为，俄罗斯当代艺术的关键词就是"奇观"。我要先提一句，当代艺术在资金上是极度匮乏的，体积巨大的艺术作品需要庞大的布展安排来支持。我们非常感谢我们的赞助人，他们允许我们为展览制作六十多件全新的作品，其中包括一些您提到的评论家所说的"宏大作品"。而关于它们（在此次展览中）的摆放位置，譬如悬挂在入口处迎接参观者的云朵装置作品（《又是没有任何事发生》），这并非是建立在时髦理论上的做法，而是在向20世纪70年代的两位概念派艺术家致敬。

亚历山大·莫洛佐夫，《异位站点》（2020）

实际上，中国大众对俄罗斯当代艺术了解非常少，大多数人对俄罗斯当代艺术的印象至今还停留在康定斯基、马列维奇的时代。您可否向我们推荐几位俄罗斯当代艺术家？

安东尼奥·盖萨：怎么说呢，"大众性"也不是俄罗斯当代艺术的关键词。我觉得，造成这一现状的一个重要原因是，即使逻各斯没体现在俄罗斯当代艺术作品上，也至少在艺术创作方法上占据了主导地位。当然，还有翻译的难度——这在今天是一个现实的问题。说到当代俄罗斯艺术，我觉得应当去关注如下艺术家的作品：莫斯科概念主义及所谓的"社会主义艺术"（包括伊利亚·卡巴科夫、埃里克·布拉托夫、安德烈·莫纳斯特尔斯基、鲍里斯·奥尔洛夫、维塔利·科马尔和亚历山大·梅拉米德等）和来自列宁格勒或圣彼得堡新学院派的艺术家（缇穆尔·诺维科夫、格奥尔基·古里亚诺夫、弗拉季斯拉夫·马梅舍夫－蒙罗、奥尔加·托布列尔茨）。至于年轻的艺术家，我建议可以看看以下几位的作品：伊琳娜·科琳娜、维克多·阿力姆皮耶夫、"狗群跑向哪儿"、AES+F和谢尔盖·布拉特科夫。

当代艺术的一个普遍现象是对资本的依赖，强大的资本力量在很大程度上影响了艺术的发展方向。您认为，如今俄罗斯艺术市场状况如何？

安东尼奥·盖萨：我不敢说，俄罗斯的艺术市场是否已经足够强大到能影响艺术作品的生产。当然，那些身兼画廊老板

阿霞·马拉库琳娜,《缝合准则》(2020)

的艺术家可以从自身状况出发，展开与妥协有关的辩论。这是游戏的一部分。但事实上，在俄罗斯很少有当代艺术家能仅凭出售自己的作品谋生。

这种现象在中国也一样普遍。最后，想和您聊一聊眼下的艺术创作环境。如今全世界都在经历新冠疫情的考验，俄罗斯的艺术家是怎样应对的？与疫情有关的议题是否影响了他们的创作？

安东尼奥·盖萨：疫情摧毁了整个艺术体系。或许，不仅在俄罗斯是这样：许多展览被迫推迟或取消，很多项目原本计划邀请的国外嘉宾也没法成行。我们这场展览的开幕日期几次延后——许多工作都很难展开。但不管在何种情况下，艺术家不进行艺术创作，就无法生活。对艺术家来说，画廊和博物馆或许是关闭的，但他们工作室的门却永远敞开着。而工作室是创造力获得解放的地方。据我所知，在出行受到严格限制的日子里，有很多艺术家在工作室（而不是在家里）度过了最为艰难的自我隔离阶段。

（首发于《信睿周报》第42期，题为《谁也不知道，接下来会发生什么：专访俄罗斯独立策展人安东尼奥·盖萨》）